读客三个圈经典文库

经典就读三个圈　导读解读样样全

雪国

[日]川端康成 著
(1899—1972)
黄悦生 译

读客三个圈经典文库
经典就读三个圈 导读解读样样全

文汇出版社

图书在版编目（CIP）数据

雪国 /（日）川端康成著；黄悦生译. -- 上海：文汇出版社，2023.6
ISBN 978-7-5496-4044-7

Ⅰ. ①雪… Ⅱ. ①川… ②黄… Ⅲ. ①中篇小说－日本－现代 Ⅳ. ①I313.45

中国国家版本馆CIP数据核字（2023）第087426号

雪国

作　　者	/	［日］川端康成
译　　者	/	黄悦生
责任编辑	/	邱奕霖
特约编辑	/	黄　婧　　李晨茜
封面设计	/	胡　艺
出版发行	/	文匯出版社 上海市威海路 755 号 （邮政编码 200041）
经　　销	/	全国新华书店
印刷装订	/	嘉业印刷（天津）有限公司
版　　次	/	2023 年 6 月第 1 版
印　　次	/	2023 年 6 月第 1 次印刷
开　　本	/	890mm × 1270mm　1/32
字　　数	/	86 千字
印　　张	/	5.5

ISBN 978-7-5496-4044-7
定　　价 / 45.00 元

侵权必究
装订质量问题，请致电010-87681002（免费更换，邮寄到付）

ゆきぐに

川端康成

雪国画廊

日本画家笔下的雪景

"穿过长长的边界隧道……"

《飞驮中山七里》
川濑巴水 绘
日本国立国会图书馆 藏

《千束池》川濑巴水 绘
日本国立国会图书馆 藏

《东都三十六景·今户桥松山》歌川广重 绘
日本国立国会图书馆 藏

《银世界东十二景·日本桥雪的黎明》歌川广重 绘
日本国立国会图书馆 藏

《夜雪》速水御舟　绘

目 录

雪国　　　　　　　　　　　　　　001

三个圈独家文学手册

导读
永远的旅人——川端康成其人其文　　131

图文解读
川端康成人生中挥之不去的虚无感　　147

穿过长长的边界隧道，就是雪国。[1]黑夜的底部[2]变成了白色。火车在铁路信号站停下了。

坐在过道对面的一位姑娘起身走过来，打开岛村前面的玻璃窗。冰雪的寒气涌了进来。姑娘使劲儿把身子探出窗外，向远处呼喊：

"站长！站长！"

一个男人提着灯，缓缓地踏雪走来。他的围巾一直裹到鼻子上面，皮帽的帽耳垂到耳边。

岛村心想：已经这么冷了吗？他朝窗外望去，貌似铁路宿舍的简陋棚屋冷冷地散落在山脚下。那边的白雪已经被黑暗吞没了。

"站长，是我呀！您好吗？"

"噢，是叶子呀。你回家吗？天又变冷了哟。"

"听说我弟弟在这里干活儿了。还请您多多关照呀！"

"这种地方，待不了多久就会闷得慌。年纪轻轻，怪可怜的。"

---

[1] 《雪国》的故事发生在日本新潟县的汤泽温泉。这里的隧道是指位于群马县与新潟县交界处的"清水隧道"。——译者注（如无特别说明，本书注释均为译者注）

[2] "黑夜的底部"是指车窗外的大地。

"他还是个孩子,麻烦您多指点他,拜托啦!"

"行。他干活儿挺卖力的。接下来可要忙啦。去年下大雪,老是有雪崩。火车一抛锚,村里人都忙着给旅客们送饭呢。"

"站长,您穿得很厚嘛。我弟弟在信上说他连背心都还没穿呢。"

"我可是穿了四层。小伙子们冷了就拼命喝酒,喝完现在都躺那儿了,都感冒啦。"

站长把手里的灯朝宿舍方向扬了一下。

"我弟弟也喝酒吗?"

"没有。"

"站长,您要回家了吗?"

"我受伤了,要去看医生。"

"哎呀,这么不小心。"

穿着和服加大衣的站长,似乎想尽快结束这雪地里的闲聊,就转过身说:"那你多保重。"

"站长,我弟弟现在没出来吗?"叶子的目光在雪地上搜寻着,"站长,麻烦您多关照他,拜托啦!"

她的声音,美得有几分悲凉之感。清亮的声音回荡在夜晚的雪地里。火车开动了,但她还没从车窗外缩回身子。火车追上沿着铁路边上行走的站长时,她又喊道:

"站长,请转告我弟弟,让他下次休息时回家一趟!"

"好的!"站长大声回答。

叶子关上车窗,用双手捂着红扑扑的脸颊。

这里是位于两县交界处的山区，为了应对大雪，山下已经配备了三台扫雪车。隧道南北接通了电力控制的雪崩报警线，还安排了五千名扫雪工和有两千人的消防青年团，准备随时出动。

这个铁路信号站即将被大雪覆盖。当岛村得知这位姑娘的弟弟今年冬天开始在这里干活儿时，就对她更感兴趣了。

不过，这里称她为"姑娘"，只是岛村自己想当然而已。至于她身边的男人是她什么人，岛村自然无从知晓。从两人的举止来看有点儿像夫妻，但那男人明显是个病人。陪伴病人，难免会拉近男女间的距离，照顾得越殷勤，看起来就越像夫妻。事实上，一个女人以年轻母亲的姿态照顾比自己年长的男人，在旁人看来也难免觉得像夫妻。

岛村只是把她单独分离出来，根据其外表姿态而主观地认为她是个姑娘而已。不过，也许还有另一个原因——他用一种奇特的方式端详她太久了，以至于在其中加入了自己的感伤情绪。

三个小时之前，岛村为了解闷，以各种花样活动着左手食指，并看得饶有兴致。他不可思议地发现：只有这根手指，还能让他鲜活地回忆起如今要去见的那个女人。他越是急切地想回忆起她的清晰面容，记忆就越发缥缈，无处追寻。在这不可靠的记忆中，只有这根手指，此刻仍保留着那个女人带来的温润触觉，并牵引着自己奔向遥远的她……岛村一边想着，一边把手指放到鼻子跟前闻了一下，随即又不经意地用这根手指在车窗玻璃上画线。这时，眼前忽然清晰地浮现出一只女人的眼睛。他吓得几乎叫出声来。其实，他被吓到只是因为心思飘到了远方而已，回过神来一看，并没什么可大惊小怪的——原来是一个坐在过道对面的女人的影子映在了玻璃上。窗外暮色已沉，而车内又亮着灯，所以车窗玻璃就变成了一面镜子。车里的暖气使玻璃蒙上了一层水蒸气，要用手指擦拭才会出现镜面。

玻璃上只映出姑娘的一只眼睛，反而有一种异样的美。岛村把脸凑近车窗，装作满怀旅愁地欣赏黄昏景色的样子，用手掌擦拭玻璃。

姑娘上身微微前倾，全神贯注地俯视着躺在面前的男人。她的肩膀紧绷着，由此可知，她那略显严肃的目光、一眨也不眨的眼睛正是她用心的表现。男人把头靠在窗边，把腿蜷缩在姑娘身旁。这是三等车厢。他俩的座位与岛村不在同一排，而是在前排的过道对面，所以横躺着的那个男人只有半边脸映在玻璃上。

姑娘正好坐在岛村的斜对面，岛村是可以直接看到她的。可是，他俩刚上车时，岛村看到她那清冽动人的美，不由得吃惊地垂下眼帘。随即又看见那个男人用蜡黄的手紧紧攥住姑娘的手，于是他就不好意思再往那边看了。

镜面中的男人脸色安详，仿佛是因为看着姑娘胸口而有了一种安心感。尽管他身体衰弱，却微微散发出一丝温馨的氛围。围巾的一端被男人枕在头下，另一端盖在他鼻子下，把嘴捂得严严实实，然后再向上裹住脸颊，就像包脸巾似的。但它有时会松下来，有时又盖住了鼻子。男人的眼睛刚一转动，姑娘就温柔地把围巾重新掖好。两人下意识地重复了好几次这样的动作，甚至连岛村都看得有些不耐烦了。另外，裹着男人双脚的外套下摆有时松开掉下来，姑娘也会立刻发现，给他重新裹好。这一切显得如此自然，让人觉得他俩会形影不离地永远厮守下去。因此，岛村并没有觉得眼前场景有丝毫悲伤，而像是在看梦幻的西洋镜一般。也可能是因为这些情形是从那面奇特的镜子里看见的吧。

镜子的底面流淌着黄昏的景色。也就是说，镜子和映在上面的景物就像电影的重叠摄影镜头似的流动着。尽管出场人物和背景毫不相关，但人物以其透明的幻象，背景以其流动的朦胧暮色，两者浑然一体地描绘出一个非现实的象征世界。尤其当那姑娘的脸庞中间亮起远山的灯火时，那种无法形容的美甚至使岛村的内心为之震颤。

远山上的天空，仍残留着晚霞的淡淡余晖。因此，透过玻璃窗望去，尽管远处的风景依然轮廓分明，但颜色却已经消失了。连绵不断的寻常山野显得越发寻常，没有什么特别引人注目的。但正因如此，反而形成了一股隐约流动的巨大的情感波澜。当然，这是姑娘的脸庞浮现在其中的缘故。映在车窗玻璃上的姑娘轮廓周围不断地流淌着暮色风景，让人觉得她的脸仿佛也是透明的。然而，想看清楚它是否真的透明时，却又产生了一种错觉——脸庞后面不停流动的暮色风景仿佛是从脸庞表面掠过一样，让人无法分辨清楚。

车厢里也不太明亮，车窗玻璃并不像真的镜子那样清晰，没有反光。所以，当岛村看得入神时，就逐渐忘记了镜子的存在，只觉得那姑娘的脸庞仿佛浮现在流动的暮色风景中。

这时，她的脸庞上闪现出远山的灯火。镜中映像的清晰度并不足以消除窗外的灯火，而灯火也没有消除镜中的映像。灯火就这样从她的脸庞中间流淌而过，但并没有照亮她的脸庞。这是寒冷而遥远的光。这光忽然照亮她的瞳孔周围，在她的眼睛和灯火重叠的瞬间，她的眼睛就变成了飘浮在暮色里的妖艳而美丽的夜光虫。

叶子当然不会发现有人正以这样的方式看着她。她的心思全都在病人身上。而且，即便她把脸转向岛村那边，也看不见自己映在车窗玻璃上的姿态，自然不会去注意一个眺望着窗外的男人。

岛村长时间地偷看叶子而忘记了这样做很失礼，大概是因为他被映着暮色风景的镜子的非现实魔力吸引住了。

所以，当岛村看到她呼唤站长时流露出过于急切的神情，他内心首先冒出来的，也许是一种类似于观赏故事般的兴趣。

火车经过铁路信号站时，窗外已经暮色沉沉。窗外流动的风景一消失，镜子也就失去了魅力。叶子那张美丽的脸庞仍然映在车窗上，尽管她的动作举止如此温柔，岛村却发现她有一种澄澈的清冷之感，于是就不再去擦拭那面蒙上水蒸气的镜子了。

令人意外的是，大约半个小时后，叶子他们也和岛村在同一个车站下了车。岛村似乎觉得会发生点儿什么跟自己有关的事，于是回头看了看。然而，当他刚接触到站台上的寒气时，就立刻回过神来，为自己在火车上的失礼行为感到羞愧，头也不回地从火车头前面走过去。

那个男人抓着叶子的肩膀，正要走下铁路时，铁路对面的站务员举起手制止了他们。

不一会儿,一列从黑暗中出现的长长的货车挡住了两人的身影。

正在拉客的旅馆掌柜穿着夸张的防雪服,耳朵被裹得严严实实,脚上穿着长筒胶靴,活像火灾现场的消防员。候车室里站着一个隔窗眺望铁路的女人,也是披着深蓝色斗篷,戴着风帽。

岛村身上残留着车厢里的那股暖气,还没有真正感受到外面的寒冷。不过,他是初次领略这雪国的冬天,所以一下车就先被当地人的打扮吓住了。

"穿成这样,有这么冷吗?"

"嗯,已经是全副冬装了。下雪后转晴的前一晚会特别冷。今晚的气温可能已经降到零下了吧。"

"看这样子是零下啦。"岛村眺望着屋檐下那些可爱的冰柱,和旅馆掌柜一起上了汽车。白雪的颜色使家家户户低矮的屋顶显得更低了,村子仿佛寂静地沉入了大地底部。

"确实,无论手碰到什么东西都觉得特别冷。"

"去年最冷是零下二十多度。"

"雪呢?"

"雪,平时七八尺厚,下大雪时得有一丈二三尺吧。"

"大雪还在后头?"

"是呀,还在后头呢。前两天这场雪积了一尺多厚,不过已经融化得差不多了。"

"也有融化掉的时候？"

"说不定随时又会下大雪哩。"

现在是十二月初。

岛村的鼻涕流个不停，似乎把鼻孔里的脏东西都给冲刷掉了，因久患感冒而经常塞着的鼻子这会儿也一下子全通了。

"师傅家的那个姑娘还在吗？"

"嗯，还在，还在。刚才在车站，您没看见？她披着深蓝色斗篷。"

"原来那位就是她呀？——到时可以叫她过来吧？"

"今晚？"

"今晚。"

"她出去接车了，说是师傅的儿子坐这趟末班车回来。"

原来，刚才在暮色镜子里看到的叶子照料的那个病人，就是岛村这次来见的这个女人的师傅家的儿子。

知道这点时，岛村似乎觉得有什么东西掠过自己心头，但并没觉得这次巧遇有多么不可思议。他倒是为自己没觉得不可思议而感到惊讶。

不知为何，岛村有这样一种感觉：自己的手指记得的那个女人，与眼睛里闪现灯火的那个女人——自己的内心仿佛看得见她俩之间有什么关系，会发生什么事情。这大概是他还没有从暮色镜子中完全清醒过来的缘故吧。他不经意地喃喃自语道："那流动的黄昏景色，原来正象征着流动的时间？"

滑雪季节前,是温泉旅馆住客最少的时候。岛村从室内温泉上来时,周围已经一片寂静了。他走在陈旧的走廊上,每踏一步,玻璃窗就发出轻微的声响。

长廊尽头的账房拐角处,笔直地站着一个女人,她的和服下摆冷冷地铺展在乌黑发亮的地板上。

看见这和服下摆时,岛村颇为吃惊,心想:她终究还是出来当艺伎了呀。[1]可是,她并没有朝这边走过来,也没有表现出放下身段迎接客人的媚态,只是一动不动地站着。远远望去,岛村也能从她的站姿中感受到一种严肃的气氛,于是连忙走过去。但走到她身边后,岛村却只是默默地站着。脸上涂着厚厚的白粉的女人试图微笑,结果却变成一副哭丧脸。两人就默不作声地向房间走去。

虽然发生过那样的事,但岛村没有来信,没有来看她,也没有按约定给她寄来舞蹈方面的书。女人准以为是他一笑了之,把自己忘了。按理说,岛村应该先向她赔礼道歉或解释才对。但岛村没看她的脸而往前走时,就已经觉察到她不仅没有怪罪自己,反而全身心地想念着自己。岛村越发觉得,此刻无论自己说什么,都会显得很不诚恳,于是就默不作声,沉浸在一种有愧于她的甜蜜喜悦之中。走到楼梯口时,他突然把伸出食指的左手递到女人眼前,说道:

"它最记得你哟。"

"是吗?"女人攥住他的手指,然后就没有松开,像手拉手似

---

[1] 艺伎接待客人时会穿下摆拖得很长的和服,所以一看便知是艺伎。

的走上楼去。

走到被炉前,她把手松开时,突然脸红到了脖子根。为了掩饰,她又连忙抓起他的手说:

"它还记得我吗?"

"不是右手,是这边呀。"

岛村从她手心里抽出右手,伸进被炉里,然后又伸出左手拳头。

"嗯,我知道。"

她若无其事地说,随即抿嘴一笑,一边掰开他的手掌,把自己的脸贴了上去。

"它还记得我吗?"

"嚆,好冰凉啊!我头一回碰到这么冰凉的头发。"

"东京还没下雪吗?"

"那时候你说的,果然是谎话呀。要不然,谁会在年底跑到这么冷的地方来呀?"

她所说的"那时候",刚过雪崩危险期,正是满眼新绿的登山季节。连野木瓜的嫩芽也快要从饭桌上消失了。

岛村终日无所事事,自然对自己也变得漫不经心了。他心想,去山里可能有助于重新唤回热忱,于是就时常独自在山中漫步。他在两县交界处的山里待了七天,那天晚上,一下山来到温泉旅馆,就让人去给他叫名艺伎过来。但女佣回话说：当天刚好碰上道路竣工庆祝仪式，非常热闹，甚至连村里的蚕茧仓库兼戏棚都用作了宴会场地。十二三名艺伎人手不够，没法中途叫过来。不过，师傅家的姑娘即使去宴会那边帮忙，也只是表演两三个舞蹈节目就会回来，也许可以叫她过来。岛村再问详细情况时，女佣粗略地解释说：教三味线[1]和舞蹈的师傅家的姑娘虽然不是艺伎，但有一些大型宴会时，也会被叫去帮忙。这里没有年轻的艺伎学徒，而岁数大些的艺伎又大多不愿跳舞，所以这位姑娘就更受重视了。她虽然很少独自去旅馆住客的房间陪酒，但也并非完全外行。

岛村觉得这话不太可信，根本没往心里去。大约一个小时后，女佣把这个女人带过来了。岛村觉得颇为意外，连忙端正坐姿。女佣站起身正要走时，女人却拉住她的袖子，又让她坐下来。

这个女人给人一种洁净得出奇的印象，让人觉得甚至连她的脚趾缝儿也是干净的。岛村不禁怀疑：这大概是自己的眼睛刚看过许多初夏群山的缘故吧。

她的衣着多少带点儿艺伎服装的风格。当然，和服下摆并没有拖曳到地上，而且她还规规矩矩地穿着柔软的单层和服。唯有腰带似乎比较昂贵，显得颇不相称，这看起来反而有些令人同情。

趁他俩开始聊起山里的话题时，女佣起身走了。不过，女人连这个村子可以望见的几座山的名字都说不全，岛村也提不起酒兴。这时，没想到女人却坦率地说起了自己的身世——她原本出生在这

---

1 日本传统的弹拨乐器，据说是由中国的三弦经琉球群岛传到日本后改造而成的。

个雪国，后来在东京当艺伎学徒时被人赎出来，本指望着依靠这位恩主，将来自己能以教日本舞蹈为生，可是刚过一年半这位恩主就去世了。从恩主死后到今天的经历也许才关乎她此时的境遇，但显然她不会立刻把这情况吐露出来。她说自己十九岁。如果是实话，这十九岁的人看起来倒有点儿像二十一二岁。见她如此老成，岛村才稍微放松下来，开始聊起歌舞伎[1]方面的话题。一聊起来，岛村才发现她比自己更了解歌舞伎演员的表演风格和最新动态。也许她一直渴望有这么一个谈得来的人，所以一聊起来就有点儿忘乎所以，渐渐显露出了风尘女子的热乎劲儿。而且她似乎对男人的心理也大致了解。尽管如此，岛村从一开始就认定对方并非艺伎，而且他已经有一个星期没正儿八经地跟别人说过话了，内心十分渴望人的温情，所以首先从她那里感受到一种类似友情的东西。独居山里的孤寂感，也影响到他面对这个女人时的心情。

翌日下午，女人把浴具放在走廊外，顺便到岛村的房间里玩。

她刚坐下，岛村就突然让她介绍名艺伎过来。

"你让我介绍？"

"你懂的。"

"真讨厌。我做梦也没想到你会托我干这种事。"她脸色一沉，起身走到窗边，眺望着两县交界处的群山。过了一会儿，她红着脸说道：

"这里没有那种人。"

---

[1] 日本传统戏剧之一，起源于江户时代。

"骗人。"

"真的。"她一下转过身子,在窗边坐下,"绝对不能强迫的哟,全都得看艺伎本人的意愿。即便在旅馆里,也不会给你介绍艺伎的。真不骗你。你找人直接问一下就知道啦。"

"你帮我找找看吧。"

"我凭什么非要帮你干这种事呢?"

"我是把你当作朋友的呀。既然想以朋友相待,那就不能撩逗你啦。"

"这就叫朋友?"女人不禁说了句略带孩子气的话,随即又蹦出一句,"你真了不起,居然托我办这种事。"

"这有什么关系嘛。我在山里时身体变结实了,可就是心里憋得慌,连跟你聊天都做不到心无杂念。"

女人垂下眼帘,默不作声。岛村说出这话,已经暴露出男人的无耻本性。而女人却似乎早已对此习以为常,所以一下就领会到了吧。大概是因为长着浓密的眼睫毛,她那低眉垂眼的样子显得尤为温柔妩媚。岛村注视着她时,她的脸微微左右摆动,又泛起了浅浅的红晕。

"你叫个喜欢的不就行了?"

"我就是在问你嘛。我第一次来这地方,怎么知道谁漂亮呢?"

"你说要漂亮的,我也不知找谁呀。"

"要个年轻点儿的吧,年轻的一般都错不了。不要太多嘴的。老实、干净点儿的最好。我想聊天的时候就找你。"

"我不会再来了。"

"别说傻话。"

"哼,真的不会来了。我来干什么呢?"

"我想和你相处得单纯些,所以才不撩逗你呀。"

"真没想到。"

"如果有了那种关系,也许明天就不想再见到你了,也没兴趣和你聊天了。我从山里来到这村子,好不容易产生一种对人的亲近感,所以才不想撩逗你。我只是个过路的游客嘛。"

"嗯,这是实话?"

"当然。从你的角度来说——要是我找的是你讨厌的女人,过后你见到我也会觉得心里有疙瘩;要是你给我介绍,心里倒还好受些。对吧?"

"我才不理你呢!"她没好气地回了一句,转过脸去,但随即又说,"这倒也是。"

"一旦做了那事就完啦,没意思。不会长久的。"

"嗯,确实是这样。我出生在港口,而这里又是温泉村。"她的语气坦诚得出乎意料,"客人大多是过路的游客。我虽然年纪还小,可也听不少人说过:分开之后,那些内心喜欢却没有道破的,反而更让人惦念,更让人觉得难忘。而往往也是这种客人能时而想起你来,给你写封信。"

她从窗边站起来,轻柔地坐在窗下的榻榻米上。看那表情,她似乎是在回忆遥远的往昔,随即又突然回过神来,坐到岛村的身边。

她的声音是如此真挚，甚至让岛村觉得有些内疚，心想：她这么容易就被骗了呀。

但岛村并没有说谎。她毕竟还不是正式的艺伎。他不必通过她来满足对女人的欲望，而有其他更简单的、无负罪感的方法。她太洁净了。从第一眼见到她时起，他就把她与那种关系截然分开了。

而且，之前岛村为夏天去哪里避暑而犹豫不决时，还曾想过要带家属来这个村子的温泉浴场。如果成行的话，他就该庆幸她不是艺伎，妻子来了正好有个伴儿，无聊时说不定还可以向她学点儿舞蹈。他确实这样认真考虑过。虽说他在这个女人身上感受到某种类似友情的东西，可还是稍微试探了一下。

当然，这里或许也有一面映着暮色风景的镜子吧。也许，他不仅是因为不愿跟这个身世不明的女人扯上麻烦，更重要的，是因为他用一种超脱现实的眼光来看她，就像黄昏时看那映在车窗玻璃上的女人的脸一样。

他对西方舞蹈的兴趣也同样是超脱现实的。岛村在东京的平民区长大，从小对歌舞伎耳濡目染。但从学生时代起，兴趣却逐渐偏向舞蹈和舞剧。按他的性格，一旦喜欢上，就非得钻研透彻不可。所以他到处搜集从前的记录资料，走访各舞蹈流派的师傅，后来还结识了日本舞蹈的新秀，并开始写研究和评论文章。当然，无论对日本舞蹈传统的没落，还是对新尝试的沾沾自喜，他都感到极其不满。既然如此，他只能亲自投身到实际运动之中——在这种心情的驱使下，当他受到一些日本舞蹈新秀的鼓动时，他的兴趣却突然转向西方舞蹈，根本不再看日本舞蹈了。取而代之，他开始搜集西方舞蹈方面的书籍和照片，甚至煞费苦心地从外国搞来海报和节目单之类的东西。这绝非仅仅出于对异国和未知领域的好奇心。他在这里新发现的快乐，其实是因为他无法亲眼看见西方人的舞蹈。他从来不看日本人表演的西方舞蹈，就足以证明这一点。借助国外的印刷品来写西方舞蹈的评论文章，这是最简单的。没有亲眼看过的舞蹈，就写评论文章，简直就是天方夜谭。再没有比这个更"纸上谈兵"的了，简直无异于天堂诗篇。虽然美其名曰"研究"，其实是随意想象，他所欣赏的，并非舞蹈家那灵动身体所表演的舞蹈艺术，而是他自己从那些外国文字或照片中空想出来的舞蹈幻影，就像憧憬那未曾见过面的恋人一样。不过，他时而写些介绍西方舞蹈的文字，也勉强算是个文人——他虽然以此自嘲，但没有职业的他有时也能从中得到一丝慰藉。

他这番关于日本舞蹈的话，有助于增加与她的亲近感。可以说，这些知识在时隔多年之后又在现实中派上了用场。不过，也许岛村只是下意识地用幻想西方舞蹈似的方式来对待她吧。

因此，当他看见自己那略带淡淡旅愁的话语触及她生活中的关键处时，不免有些内疚，觉得好像欺骗了她似的。

"这样的话，下次我就算带家属来，也能心安理得地和你一起玩呢。"

"嗯，我明白你的意思了。"女人轻声说着，微微一笑，随即又带点儿艺伎做派似的嬉笑道，"我也喜欢这样，关系单纯些才能维持得更长久。"

"所以你就帮我叫一个来嘛。"

"现在？"

"嗯。"

"真没想到。这大白天的，你也好意思开口？"

"我不想要别人挑剩下的货色。"

"你竟然说这种话！你以为这里是个唯利是图的温泉浴场？看一下村里的情况就会明白吧。"女人用遗憾而严肃的语气，反复强调说这里没有干那一行的女人。岛村表示怀疑，女人就有点儿生气地说道："退一步来讲，想怎么做由艺伎本人说了算。不过，如果没事先跟雇主打招呼就在外过夜，有什么事须由艺伎本人负责，雇主完全不管；但如果事先打过招呼，那么雇主就要负责到底——区别就在这里。"

"'负责'是指什么方面？"

"比如说怀了孩子，或者身体垮掉了。"

岛村不禁为自己提出这么傻里傻气的问题而苦笑，但同时又想：在这个山村里说不定还真有这么安闲的事呢。

终日无所事事的他自然想寻求保护色，也许出于这个缘故，他对旅途中所到之处的风土人情都有一种本能的敏感。刚从山里出来，他就立刻从这个村子朴实的景致中感受到一种悠闲的气氛。在旅馆一打听才知道，即便在雪国，这里也算得上是生活最安闲的村子之一。据说，在近几年通铁路之前，这里主要是农家的温泉疗养地。有艺伎的店家，比如说餐馆或红豆汤店，通常挂着褪色的门帘，旧式纸拉门也被熏得发黑，简直让人怀疑这种地方是否会有顾客上门。有的日用杂货铺或粗点心铺只雇用一名艺伎，而店主除了经营店铺外，还经常到田里干农活。一个没有艺伎执照的姑娘偶尔到宴会上帮忙，也不会被其他艺伎责怪的——当然，也可能因为她是师傅家的姑娘。

"总共有多少人？"

"你问艺伎吗？有十二三个吧。"

"哪个好？"岛村站起来去按电铃。

"我回去啦。"

"你可不能走。"

"真讨厌。"女人用一种抛开屈辱感似的语气说道，"我回去啦。没关系，我没往心里去。下次再来。"

但当她看见女佣时，又若无其事地重新坐好。女佣问了好几遍要叫谁，她也没说名字。

不一会儿，一个十七八岁的艺伎走了进来。岛村一看见她，刚从山里来到村子时那种对女人的欲念顿时消失殆尽。艺伎那黝黑的胳膊瘦骨嶙峋，看起来一脸娇憨，纯真老实。所以，岛村尽量不流露出扫兴的表情，朝她那边望去——其实是被她背后窗外那片嫩绿的群山吸引住了。他连话都懒得说了。果然是一副山村艺伎的样子。见岛村绷着脸不说话，女人仿佛很知趣地默默站起身来，走了出去。房间里的气氛变得更加尴尬了。这样大概过了个把小时。岛村心想：有什么办法把艺伎打发走吗？这时，他忽然想起有张电汇单已经寄到，于是就借口要赶时间去邮局，和艺伎一起走出了房间。

然而，当岛村来到旅馆门口，抬眼望见那散发着浓郁的嫩叶气息的后山时，就仿佛被吸引住似的，大步流星地登上了山。

也许是想到了什么可笑之事吧，他独自笑个不停。

他觉得稍有点儿疲累了，就转过身，撩起浴衣后襟，一溜烟地跑下山来。只见有两只黄色的蝴蝶从脚边飞起。

两只蝴蝶纠缠在一起，不一会儿就飞得比两县交界处的山峦还高，随着黄色渐渐变白而越飞越远了。

"你怎么啦？"女人站在杉树林荫下，"你笑得很开心嘛。"

"不要了。"岛村又莫名其妙地笑起来，"不要了。"

"是吗？"

女人突然转过身，慢慢地走进杉树林里。他默默地跟在后面。

那边是神社。女人在长满青苔的狛犬[1]旁边一块平坦的岩石上坐下来。

"这里最凉爽了，即使在大夏天也有凉风。"

"这里的艺伎都是那个样子吗？"

"差不多吧。在年纪稍大的里头倒是有漂亮的。"她低下头冷淡地说道。她的脖颈上似乎映着一抹杉树林的暗青色。

岛村抬头仰望杉树的树梢。

"算啦。身上那股劲头儿好像一下全没了，真奇怪。"

杉树很高，要用双手撑着背后的岩石，仰起上半身，才能望见树梢。树干整齐地排成直线，郁郁苍苍的叶子遮蔽住天空，似乎能让人听见静谧的回响。

---

[1] 神社前摆设的形似石狮子的神兽像。

岛村背靠着的树干，是其中树龄最长的一棵。但不知何故，唯独北面的树叶从上到下全枯萎了，光秃秃的树枝看起来像并排倒插在树干上的尖桩，仿佛是某种可怕的天神兵器。

"我想错啦。我下山之后第一个见到的是你，还误以为这里的艺伎都很漂亮呢！"岛村笑着说。他这时才意识到，自己之所以想一下发泄掉这七天在山里积蓄的精力，是因为一下山就遇见了这个洁净的女人。

女人目不转睛地眺望着被夕阳照亮的远处的河流，有些发窘。

"哎呀，差点儿忘了，这是你的香烟吧？"女人故作轻松地说道，"刚才我回房间一看，你不在了。正纳闷时，忽然发现你独自一人兴冲冲地往山上跑呢——我是从窗口看见的。真好笑哇。我见你好像忘记带香烟了，所以就给你送过来啦。"

她随即从袖兜里掏出他的香烟，点上火。

"有点儿对不起那个女孩子呢。"

"怎么会？什么时候让人走，本来就是随客人的便嘛。"

耳边不断传来河水流过许多石头的声音，听起来有甜美圆润之感。从杉树林间，可以望见对面的山褶渐渐变暗。

"我得找个跟你不相上下的。要不然，过后见到你时岂不是很不甘心？"

"跟我有什么关系？真是强词夺理。"女人板着脸嘲讽了一句。不过，他俩之间已经产生了一种与叫艺伎之前截然不同的情感。

其实，岛村从一开始就是想要这个女人，却照例在这里兜圈子。当他清楚地意识到这点时，不由对自己心生厌恶。与此同时，他觉得眼前这个女人显得越发美丽。从她刚才站在杉树林荫下喊他的那一刻开始，她的身影就仿佛有一种澄澈清凉之感。

她那细而高的鼻梁略显单薄，但鼻子下方那玲珑小巧的嘴唇却像美丽的水蛭一样伸缩自如，即便是沉默不语之时也仿佛在蠕动。如果有皱纹或色泽难看的话，难免会显得不太洁净。但她的嘴唇并非如此，而是湿润而有光泽的。她的眼梢仿佛故意描画得直直的，既不翘起也不垂下，感觉有些不自然，但微微下弯的短而密的眉毛却恰到好处地将其盖住了。鼻梁稍高的圆脸轮廓较为普通，皮肤却像是在白色陶瓷上刷了一层胭脂，脖颈底部也还没长出赘肉。因此，她给人的印象与其说是美丽，不如说是洁净。

对一个当过艺伎学徒的女人来说，她的胸骨稍有点儿凸出。

"你看，不知什么时候飞来了这么多白蛉子。"女人掸了掸和服下摆，站起身来。

就这样在寂静中待下去的话，两人都会觉得兴味索然的。

当天晚上十点左右，女人在走廊上大声叫唤岛村的名字，随即一头栽进他的房间里。她冷不防趴倒在桌面上，醉醺醺地用手乱抓桌上的东西，然后咕噜咕噜地喝起水来。

据她所说，傍晚时，她遇见了几个今年冬天在滑雪场上认识的男人。他们翻过山岭来到这边，于是就带她到旅馆去，还叫来艺伎，欢闹一场。她被灌了不少酒。

她摇头晃脑地顾自说个没完。

"对不起，我得走啦。他们正在找我，怕我有什么事呢。过会儿再来。"她说着就踉踉跄跄地走了出去。

大约过了一个小时，长廊上又响起凌乱的脚步声，似乎是一路跌跌撞撞地走过来。

"岛村！岛村！"女人尖声叫道，"哎呀，我看不见。岛村！"

这分明是女人内心毫不掩饰地呼唤自己男人的声音。岛村觉得颇为意外。不过，女人这尖叫声想必会响彻整个旅馆。岛村不知所措地站起身来时，女人就已经用手指戳破纸拉门，抓住格棂，顺势倒在岛村的怀里。

"啊，你在呀。"

女人贴着他坐下，和他依偎在一起。

"我可没喝醉哟。嗯，怎么可能喝醉呢？真难受。我只是觉得难受。我心里可清醒着哩。啊，我想喝水。威士忌不能跟别的酒掺着喝。那玩意儿容易上头。哎哟，头痛。谁知道他们买的酒是便宜货呀……"她一边说着，一边不停地用手掌搓脸。

外面的雨声突然变大了。

岛村稍松开手，女人就瘫软下来。他搂着她的脖子，脸颊几乎把她的发髻压散。他顺势把手伸进她的怀里。

女人没有答应他的要求，双臂像门闩一样交叉挡在胸前。但也许是因为喝醉了而使不上劲吧，她喃喃说道：

"哎呀，这胳膊怎么回事？浑蛋！浑蛋！这胳膊使不上劲了！"

她突然一口咬住自己的胳膊肘。

他吓了一跳，连忙拉开她的胳膊肘，只见上面留下了深深的牙齿印。

但她已经不再抗拒,而是听任他那手掌的摆布了。她开始自顾自乱写起来,说是要写自己喜欢的人的名字给他看。她一连写了二三十个戏剧或电影演员的名字,接着又把"岛村"写了无数遍。

岛村手掌中那团怡人的丰满之物逐渐热了起来。

"啊,我觉得很安心,很安心。"他温柔地说着。他甚至获得了一种母爱般的安心感。

女人忽然觉得难受,挣扎着站起来,随即趴倒在房间的另一角。

"不行,不行。我要回去,我要回去。"

"你走得动吗?外面下着大雨哟。"

"光着脚回去。爬回去。"

"太危险了。你要回去的话,我送你。"

旅馆位于小山冈上,得走一段陡坡。

"可以把腰带放松,或稍微躺一会儿,等酒醒了再走吧。"

"那可不行。我这样没事的,习惯了。"她挺直腰板坐起来,挺起胸脯,却觉得上气不接下气。她打开窗,想吐又吐不出来。她想扭动身子翻来滚去,但还是咬咬牙忍住了。这样持续了好一会儿。其间,她时而振作起精神,连连嚷着要回去。不知不觉间,已经过了凌晨两点。

"你睡吧。喂,你快睡吧。"

"那你怎么办?"

"我就这样待着,等稍微清醒了就走。得趁天亮前赶回去。"女人双膝跪地爬过去,拽住岛村,"你别管我,快睡呀。"

岛村钻进被窝里，女人就趴在桌上喝了些水，随即又说道：

"你起来。喂，你快起来呀！"

"你到底让我怎么样吗？"

"算了，你还是睡吧。"

"你在说什么呀？"

岛村爬起来，把女人拖了过去。

女人左右闪避地把脸转开。可过了不一会儿，她却猛地把嘴唇凑了上来。但在那之后，她却像梦呓般反复地倾诉着痛苦：

"不行，不行！你不是说跟我只做朋友的吗？"

岛村被她那真挚的声音打动了，见她眉头紧皱地拼命压抑自己的那股倔劲儿，不由觉得扫兴，甚至想要遵守两人之间的约定。

"我没有什么舍不得的。我并不是舍不得。不过，我不是那种女人。我可不是那种女人哟！那种关系一定不会长久的，你自己说过的呀。"

她醉得几乎动不了了。

"不能怪我，得怪你。是你输了，是你意志薄弱，不是我哟。"

她一边喃喃呓语，一边咬住衣袖。

仿佛泄气似的片刻安静之后，她突然像想起什么似的尖声说道：

"你在笑吗？你是在笑话我吗？"

"我没笑呀。"

"你是在心里偷笑吧。就算你现在没笑，过后也一定会笑话我的。"说着,女人伏下身子,抽抽搭搭地哭了起来。

但她很快就停止了抽泣,把身体柔软地贴上来,亲切地一一细说起自己的身世。酒醉的痛苦似乎完全被抛之脑后了。刚才发生的事,她也只字不提。

"哎呀,只顾着说话,把时间都给忘啦。"她的脸上露出了微笑。

她说了句"得趁天亮前赶回去",随即又说:"天还没亮吧。这附近的人都起得很早。"她三番两次地站起身来,打开窗看:"外面还没见人影呢。今早下雨,没人出来干农活。"

对面的山峦和山麓小屋的屋顶在雨中浮现出来后,女人却仍然依依不舍。但她还是赶在旅馆的人起床之前梳理好头发。岛村本想送她到大门口,但她怕被人看见,所以就自己一个人逃也似的离开了。而岛村也在当天返回了东京。

"那时候你说的,果然是谎话呀。要不然,谁会在年底跑到这么冷的地方来?后来我也没笑话过你哟。"

女人忽然抬起头来。透过浓妆白粉,可以看见她那贴着岛村手掌心的眼睑到鼻翼两旁开始发红。这不免使人联想到雪国之夜的寒冷,但因为她头发乌黑,又让人感觉到温暖。

她脸上浮现出动人的微笑。此时,她大概又回想起了"那时候"的事,又或许是岛村的话逐渐浸染了她的身体。她面带嗔怒地低下头,和服后领敞开,露出了泛红的后背,感觉就像裸露着鲜活温润的身体。也许是头发颜色的映衬使这种感觉变得更强烈吧。她的额发不太细密,发丝和男人的头发一般粗,两鬓和后脖颈上没有一根散乱的短发,头发散发出像黑色矿物一样沉甸甸的光泽。

岛村刚才用手触摸她的头发时,为自己头一次碰到这么冰凉的头发而吃惊。他心想,这也许不是因为天气寒冷,而是发质本身的缘故吧。他定睛一看,只见女人开始在被炉板上扳着手指数数,过了好一会儿也没数完。

"你在数什么?"岛村问道。女人仍然默不作声地扳着手指数了一会儿。

"五月二十三日,对吧?"

"噢,你在数天数哇。七、八月连着都是大月哟。"

"喂,第一百九十九天,今天正好是第一百九十九天。"

"话说回来,你竟然记得那天是五月二十三日吗?"

"一翻日记就知道哇。"

"日记?你写日记?"

"嗯。翻看旧日记很有乐趣。无论什么事都不加掩饰地如实记载着,有时连自己翻看都觉得怪难为情的。"

"什么时候开始写的?"

"去东京当艺伎学徒前不久。那会儿手头拮据,自己买不起日记本,所以就在两三分钱的杂记本上面用尺子画细线。当时把铅笔削得尖尖的,画出来的线可整齐了。在这样的本子上,从上到下密密麻麻地写满了小字。等到自己买得起日记本时就不行了,不懂得珍惜。练字也一样,以前是用旧报纸写的,现在就直接在成卷的信纸上写了。"

"写日记从来没有间断过吗?"

"嗯。十六岁那时和今年的最有意思。每次去陪酒回来,换上睡衣才写。我们经常回来得很晚,有时写到一半就睡着了——现在翻看时还记得这些地方。"

"这样啊。"

"不过,不是每天都写,有时也会停一停。在这样的山村里,每次宴会陪酒也就那么回事嘛。今年只能买到那种每页都标有日期的日记本,太不好用了。有时一下笔就很难收住了呀。"

比起写日记,更让岛村感到意外的是,她从十五六岁起就把读过的小说一一记下来,用来记录的杂记本已经有十册之多。

"你是把感想写下来吗?"

"感想什么的我可写不了。我只是把小说标题、作者、出场人物姓名及他们之间的关系记下来。"

"记这些也没什么用吧?"

"是没什么用。"

"这不是徒劳吗?"

"是的。"女人满不在乎地朗声答道,但眼睛却直勾勾地盯着岛村。

岛村想再次大声强调"完全就是徒劳"时,不知为什么,他觉得有一种静谧沁入体内,甚至能听到下雪的声音似的。那是因为,他被她吸引住了。他虽然知道写日记对于她来说并非徒劳,但却劈头盖脸地甩给她一句"徒劳"。结果，他反而能够更加纯粹地感觉到她的存在。

这个女人提起小说的话题，听起来似乎与平时使用的"文学"一词毫不相关。她在这村子里大概并没有交流文学的朋友，除了交换着读一读妇女杂志之外，恐怕就完全是独自阅读了。看样子，她既没有选择，也不求甚解，只要在旅馆的客房等地方看见小说或杂志就会借来读。不过，她随口说出的新作家的名字，竟然有不少是岛村没听说过的。而她的语气，却像在谈论遥远的外国文学，声音里透出一种类似于无欲无求的乞丐的凄凉。岛村心想：这大概和自己凭借外国书籍的照片和文字遐想西方舞蹈差不多吧。

她又饶有兴致地谈起自己没看过的电影和戏剧，大概是因为时隔几个月才盼来了这样的聊天伙伴吧。她也许忘记了，一百九十九天前的那天，她因为聊这话题一时兴起而主动投入岛村怀抱里，此刻她仿佛又因为自己讲述的东西而使身体都变得热乎起来了。

然而，她对城市风物的憧憬，如今已经被老老实实地放弃，成为一个天真的梦。所以，她的憧憬与其说带有城市流亡者那种傲慢的不满，倒不如说是一种单纯的徒劳之感。她自己并没有因此而显得落寞，但在岛村看来，却带有一种奇妙的哀愁。如果沉浸于这种思绪里，恐怕连岛村自己也会陷入"活着就是徒劳"的缥缈的伤感之中。然而，眼前这个女人却在山中空气的浸染下变得面色红润，充满活力。

无论如何，岛村对她有了新的看法。可如今当对方已经成了艺伎时，他却反而难以启齿了。

那时候她酩酊大醉,为自己手臂使不上劲而着急得一口咬住胳膊肘,并叫嚷道:

"哎呀,这胳膊怎么回事?浑蛋!浑蛋!这胳膊使不上劲了!"

她站不起来,就在地上翻滚着说道:"我没有什么舍不得的。我并不是舍不得。不过,我不是那种女人。我可不是那种女人哟!……"

想到这里时,岛村不禁犹豫起来,女人立刻觉察到了,仿佛顶撞似的说道:"这是零点的上行列车。"——这时正好听到外面传来汽笛声,她就站起身来,猛地用力打开纸拉门和玻璃窗,扑向栏杆,一屁股坐到了窗台上。

冷空气一下涌进房间里。火车汽笛声渐渐远去,听起来像是夜风的呼啸声。

"喂,不冷吗?傻瓜。"

岛村也站起身来走过去,外面并没有风。

眼前是严酷的夜景,从地底深处仿佛传来一大片雪地冻结的声音。没有月亮。仰望夜空,那些多得让人难以置信的星星,鲜明地浮现出来,似乎以虚幻的速度坠落下来。随着繁星移近眼前,夜空把遥远的夜色变得更加深沉。两县交界处的群山已经看不清层次,但却因此而显得颇有厚度,黑黝黝、沉甸甸地低垂在星空边际。这是一派清冷、静谧的和谐景象。

女人觉察到岛村走近,就把上半身伏在栏杆上。这并非柔弱的姿态,在如此夜色下,反而显得无比倔强。岛村心想:又来了。

尽管群山是黑黝黝的,但不知为什么看上去却分明像白雪的颜色。于是，群山给人的感觉仿佛是透明而寂寥。夜空和山峦显得并不和谐。

岛村扣着女人的颈部，说道："你会感冒的！这么冰凉。"他一边说着一边使劲拉她起来。女人紧紧抱住栏杆，声音嘶哑地说道：

"我要回去啦！"

"你走吧。"

"让我就这样再待一会儿吧。"

"那我先洗澡去。"

"不，你别走开。"

"把窗户关上。"

"让我就这样再待一会儿吧。"

村子半躲在神社旁边的杉树林荫里。距离这里不到十分钟车程的火车站的灯火，因为寒冷而噼啪作响地闪烁着，仿佛快要破裂似的。

女人的脸颊、窗户玻璃、自己的棉袍袖子……手触碰到的所有东西，都让岛村感觉到前所未有的冰冷。

就连脚底下的榻榻米也变得冰凉刺骨。于是他打算自己去泡个澡。这次，女人却温顺地跟上来，说道："请等一下，我也去。"

女人正把岛村脱下的散乱衣服收拾到衣篮子里时，一个男房客走了进来。他看见岛村怀里缩着个遮住脸的女人，就说了句："啊，打扰了。"

"没事，您请便。我们去那边的浴池。"

岛村立刻说道,随即就那么光着身子,抱着衣篮子走向隔壁的女浴池。女人当然是装作夫妻模样似的跟上前来。岛村没有说话,头也不回地跳进了温泉。他静下心来,不由想放声大笑,于是连忙把嘴巴凑到温泉出水口,粗鲁地漱了漱口。

回到房间后,女人轻轻地抬起侧着的头,用小拇指把鬓发往上拨,只说了句:"真难过啊!"

岛村以为女人半睁着黑色的眸子,凑近一看,才知道那原来是眼睫毛。

神经兮兮的女人彻夜未眠。

岛村大概是被女人系腰带的声音吵醒了。

"这么早吵醒你,对不起。天还没亮吧?喂,你看看我好吗?"女人熄灭电灯,"你看得见我的脸吗?"

"看不见,天还没亮呀。"

"骗人。你得认真看才行。怎么样?"女人把窗子全打开,"糟了,能看见了吧,我要回去啦。"

岛村为黎明时分的寒冷感到惊讶。他从枕上抬起头。天空虽然还是夜色,但山峦已经是清早了。

"对了,不要紧。现在是农闲,没人这么早在外面走动的。不过,说不定有人会去爬山呢。"女人喃喃自语,拖着还没系好的腰带走来走去。

"刚才五点钟那趟下行列车好像没有乘客。旅馆里的人还没起床哩。"

系好腰带之后,她还是时而站起,时而坐下,然后又一直盯着窗口走来走去。这种坐立不安之状，就像夜行动物因为害怕天亮而焦躁不安地团团乱转似的。神秘的野性气息变得越发浓烈。

这时，大概是因为光线逐渐照进房里，女人的红色脸颊显得格外分明。岛村入神地看着这鲜艳得令人吃惊的红色脸颊。

"瞧你这脸蛋儿红扑扑的，冷成这样。"

"不是因为冷，是因为卸了妆啦。我一钻进被窝，马上连脚尖都感觉暖乎乎的。"她面对着枕边的梳妆台，"天终于亮了。我要回去啦。"

岛村朝那边望去，冷不防缩了缩脖子。镜子里白花花地闪烁着的，原来是雪。雪中浮现出女人红扑扑的脸颊，有一种无法形容的洁净之美。

也许是即将日出的缘故吧，镜子里的雪散发出一种越来越强烈的仿佛冷冷地燃烧着的光芒。浮现在雪中的女人的头发，也随之凸显出一种鲜明的泛着紫色光泽的乌黑。

大概是为了防止积雪，沿着旅馆外墙临时挖了一条小沟，把浴池溢出的热水引出，但引出的热水却在大门口处泛滥开来，像一泓浅泉似的。一只强壮的黑色秋田犬站在旁边的踏脚石上，长时间地舔着热水。门口并排晾晒着许多似乎刚从库房里搬出来的供客人使用的滑雪板。那轻微的霉味儿被水蒸气冲淡了。而那从杉树枝头掉落到公共浴池房顶上的雪块，也像温暖的物体一样变了形。

岛村沿着坡道往下走。天亮前，女人曾经一边从旅馆窗口俯视这条坡道，一边说："再过不久，从年底到正月这段时日，这条坡道就会消失在暴风雪里。出去陪酒时得穿山袴[1]、长筒胶靴，披斗篷，裹头巾。到时，积雪会有一丈多厚呢。"岛村从路边高高地晾晒着的尿布下面望去，两县交界处的群山清晰可见，积雪的光芒也十分恬静。青翠的葱还没被积雪覆盖。

田地里，村里的孩子们正在滑雪。

走进路边的村子，就听到一种轻轻的雨滴落的声音。

屋檐下的小冰柱玲珑可爱地闪烁着亮光。

一个从浴池回来的女人，抬头望着在屋顶上扫雪的男人说："喂，请顺便扫一下我家的好吗？"她感觉有些耀眼似的，用湿手巾擦了擦额头。她大概是个瞅准滑雪季节早早跑来打工的女佣吧。隔壁这家咖啡馆，玻璃窗上的彩画十分陈旧，屋顶也歪斜了。

大多数房屋的屋顶都铺着细木板，上面再铺一排排石块。只有在向阳的半边，那些圆形石块才会在积雪中露出黑黝黝的皮肤。那颜色与其说是因为潮湿，倒不如说是久经风雪而形成的如黑炭之色。一排排低矮的房屋，也以一种类似那些石块的姿态，别具北国风情似的静静地趴在地面上。

一群孩子把小沟里的冰块抱起来，扔到路上玩耍。冰块碎裂飞溅时闪闪发光，他们大概是觉得这很好玩吧。岛村站在阳光下，不由觉得那些冰块厚得令人难以置信。他继续看了好一会儿。

---

[1] 又称雪袴。一种劳动时穿的裙裤，上面宽松，下面收窄。

一个十三四岁的少女独自倚靠在石墙上织毛线。她穿着山裤和高齿木屐，但没有穿布袜，露出了发红的、皲裂的脚底。旁边的柴垛上坐着一个大约三岁的小女孩，专心地拿着毛线球。从小女孩这边被拉向少女那边的一根灰色旧毛线，也发出了温暖的光。

从相隔七八间房屋远的滑雪板工厂传来了刨木声。另一边的屋檐下，有五六个艺伎正站着聊天。岛村心想：驹子可能也在其中吧——今早他才从旅馆的女佣那里打听到她的艺名叫驹子。果然，她似乎是看见他走过来了，脸上显出一本正经的表情。岛村心想：她肯定会满脸通红吧，但愿能装作若无其事的样子……说时迟那时快，驹子已经脸红到脖子根了。她明明可以背转过身去，却只是拘谨地垂下视线。但随着他逐渐走近，她又一点儿一点儿地把脸转向他这边。

岛村也感觉到脸颊发烫，连忙快步走过去。这时，驹子却立刻追赶上来。

"你竟然经过这种地方，太叫人难为情了。"

"我才觉得难为情呢。那么多人聚在一起，吓得我都不敢过去。你们经常这样吗？"

"嗯，午饭后经常这样。"

"你这样红着脸，吧唧吧唧地追上来，不是更难为情吗？"

"不管了。"驹子干脆地说着，脸却又红了。她停下脚步，抓住路边的柿子树。

"我是想请你到家里坐坐才跑过来的呀。"

"你家就在这里吗？"

"嗯。"

"要是能把日记给我看的话，去坐坐也行。"

"我死前一定会先把它们烧掉的。"

"对了，你家里有病人吧？"

"咦，你连这也知道？"

"昨晚你不是也到车站去接人了吗？披着一件深蓝色斗篷，对吧？我也是乘坐那趟火车来这里的，我的座位和那病人挨得很近。有个姑娘很认真、很体贴地陪护照顾病人，是他的妻子吧？是从这里去接他回来的？是东京人？看起来像病人的母亲似的，我在旁边看了都很感动。"

"昨晚你为什么没把这事告诉我？为什么没说？"驹子沉下脸来。

"那姑娘是他妻子吧？"

驹子没有回答，只是一个劲儿地追问道："昨晚你为什么没说？你这人真奇怪！"

岛村不喜欢她的这种尖酸劲儿。无论是岛村还是她本人刚才的言谈，应该都没理由使她变得如此尖酸。也许可以看作她性格的表现吧。总之，被她这样反复追问，岛村觉得仿佛被击中要害似的。今早当他看见映照着山上积雪的镜子里浮现出驹子的脸庞时，自然想起了映在暮色车窗玻璃上的姑娘，但他为什么没把这事告诉驹子呢？

"有病人也没关系呀，不会有人到我房间里来的。"驹子说着，走进了低矮的石墙里面。

右边是覆盖着积雪的田圃，左边沿着邻家墙边种了一排柿子树。屋前像块花圃似的，正中央那个小莲花池里的冰块已经被捞到边上，红鲤在池中游来游去。房子也像柿子树的树干一样枯朽不堪。积雪斑驳的屋顶上，腐朽的木板在檐边描画出一道道波浪线。

一走进入口处，就觉得静悄悄、冷飕飕的。什么都还没看清楚，岛村就不得不跟着爬上了梯子。这真的是一架梯子，而楼上的房间其实是阁楼来着。

"这里本来是做蚕房的，没想到吧？"

"你经常喝得醉醺醺的，回来爬这种梯子竟然没摔下去过？"

"摔过呀。不过，这种时候往往一钻进楼下的被炉里就睡着啦。"驹子说着，把手伸进被炉里试了试，随即站起身来取火去了。

岛村环视着这个奇妙的房间，只有南面开了一扇低矮的采光窗户，但细格的纸窗是新糊的，透着明亮的阳光。墙上也整齐地糊着白纸，让人感觉仿佛钻进了一个旧纸箱。不过，头上的屋顶毫无遮掩地向窗户这边倾斜下来，感觉像笼罩在黑色的寂寞之中。想想墙壁那边，不知什么样子，就不由感到这个房间仿佛悬在半空，很不安稳。不过，墙壁和榻榻米虽然旧，却非常干净。

岛村心想：驹子大概也像蚕那样，通体透明地栖息在这里吧。

便携式被炉上盖着一条和山袴同样条纹的棉被。衣橱虽旧，却是上等直纹桐木造的，也许是驹子在东京生活的残留之物吧。梳妆台十分简陋，与衣橱颇不相称。朱漆针线盒也显现出了奢华的光泽。钉在墙壁上的层层木板也许是书架吧,上面垂挂着一块平纹薄毛呢帘子。

昨晚陪酒穿的那套服装挂在墙上,露出了衬衣的红里子。驹子手持火铲,敏捷地爬上梯子。

"这是病人房间里的东西,但俗话说'火是洁净的'。"驹子一边俯下刚梳好的发髻,一边扒拉着被炉里的炭灰。她告诉岛村,病人患了肠结核,是回故乡来等死的。

说是"故乡",但他其实并非生于此地。这里是他母亲的老家。他母亲在港口城市做艺伎,期满后留在当地做舞蹈师傅,然后还不到五十岁时患了中风,于是就回到这个温泉浴场来,顺便疗养。少爷从小喜欢鼓捣机器,后来好不容易进了一家钟表店干活,他母亲就把他留在了港口。不过,他好像没过多久就去东京上夜校了。也许是太劳累才患病的吧。今年才二十六岁。

驹子一口气说了这些话。然而,护送病人回来的那位姑娘是谁,驹子为什么会住在这户人家里,她仍然只字未提。

尽管只说了这些,但在这个仿佛悬空的房间里,驹子的说话声也会向四面八方传开去的。岛村不由感到有些坐立不安。

正要出门时,他忽然瞥见一件微微发白的东西,回头一看,原来是个桐木做的三味线琴盒。这琴盒似乎比它的实际尺寸更大、更长。驹子竟然背着这个去陪酒?简直令人难以相信。这时,那扇陈旧得发黑的隔扇门开了。

"驹子姐,我可以从这上面跨过去吗?"

这清澈的声音,美得有几分悲凉之感,似乎还能听见回声。

岛村记得这个声音——那位从车窗里呼喊雪地里的站长的叶子姑娘。

"可以呀。"驹子回答道。穿着山袴的叶子轻轻地从三味线琴盒上跨过去。她手里提着一个玻璃便壶。

无论从叶子昨晚和站长说话时那相熟的语气,还是从她身上穿的山袴,都能明显看出她是本地人。鲜艳的和服腰带有半边露在山袴上面,把山袴上赤褐色和黑色相间的宽条纹衬托得格外显眼,平纹薄毛呢的长袖子也因此显得更加艳丽。山袴在膝盖稍往上的地方开衩并渐渐鼓起,而挺括的棉布不显得臃肿,有一种安稳舒适之感。

不过,叶子只是用锐利的目光瞥了岛村一眼,随即默不作声地从旁边走了过去。

岛村走到外面之后,似乎仍然感觉到叶子的目光在自己面前燃烧着,仿佛遥远的灯火一般冰冷。之所以有这种感觉,大概是因为他回忆起了昨晚的印象——岛村望着叶子映在车窗玻璃上的脸庞,在远山的灯火从她脸上流淌而过,灯火与她的眼睛重叠在一起而突然变亮的瞬间,那种无法形容的美使岛村的内心为之震颤……想到这里时,岛村不禁又回想起驹子那浮现在镜子里一大片积雪中的红扑扑的脸颊。

岛村加快了脚步。虽然双脚白皙而稍胖,但他喜爱爬山。他一边走着一边眺望群山,渐至恍惚,不知不觉地加快了脚步。对于时不时容易陷入恍惚状态的他来说,他无法相信那映着暮色风景的镜子和映着清晨积雪的镜子是人造之物。那应该是自然之物,而且存在于遥远的世界。

就连刚刚离开的驹子的房间，似乎也已经属于那个遥远的世界。岛村为自己的这种想法感到惊讶。爬到坡顶时，他看见一个女按摩师走过，于是就像抓住什么东西似的叫住她：

"按摩师，可以给我按摩吗？"

"嗯。现在几点钟呀？"按摩师把竹杖夹在腋下，用右手从腰带里掏出一只带翻盖的怀表，用左手指尖摸了摸表盘，说道，"两点三十五分，对吧？我三点半还得到车站那边去，不过推迟些也没关系。"

"你还能知道表上的钟点？"

"嗯，我把表盘上的玻璃取下来了。"

"能摸出表盘上的字？"

"摸不出，不过……"她再次拿出那只银表——作为女人使用之物来说稍大了些——打开翻盖，用手指按着表盘示意说，"这里是十二点，这里是六点，它们的正中间是三点。"

"然后就能推算出来。就算做不到一分不差，也差不了多少。"

"是吗？你走这样的坡道，不怕滑倒吗？"

"下雨的话，女儿会来接我。我晚上给村里人按摩，不用爬坡来这里。可旅馆的女佣却说是我老公不让我出来，真受不了她们。"

"孩子都大了？"

"是的。大女儿十三岁了。"她边说着边走进屋里，默默地按摩了一会儿，然后侧着头倾听远处宴席上传来的三味线琴声。

"谁在弹呀？"

"光听琴声,你就知道是哪个艺伎弹的?"

"有的能听出来,有的听不出来。先生,您一定是富贵人,身体很柔软呢。"

"没有肌肉僵硬吧?"

"脖颈的肌肉有点儿僵硬。您胖得很匀称。您肯定不喝酒吧?"

"这你也知道。"

"我的客人里,有三位是和您同样体型的。"

"我这种体型很平常吧。"

"怎么说来着,不喝酒就没有真正的乐趣,喝酒才能忘掉一切忧愁。"

"你的丈夫喝酒吗?"

"喝得厉害呀!"

"谁在弹三味线,这么难听?"

"嗯。"

"你也弹吧?"

"嗯,从九岁练到二十岁。成家以后,已经十五年没弹了。"

岛村心想:大概盲人都显得比实际年龄年轻些吧。他说:

"从小练过的是扎实。"

"现在我这手只会按摩了,耳朵倒还灵。听到艺伎们在弹三味线,不由感到心急。唉,感觉就像自己当年似的。"

她说着,又侧着耳朵听。

"好像是井筒家的小文在弹。弹得最好的和弹得最差的,最容易听出来了。"

"也有弹得好的?"

"有个叫驹子的姑娘,虽然年轻,近来弹得很不错呢!"

"噢。"

"您认识她吧。虽说弹得好,也不过是在咱们小山村里说说罢了。"

"不,不认识。昨晚她师傅的儿子回来,我也坐同一趟火车。"

"咦,病治好了回来了?"

"好像还不太好。"

"啊?听说那位少爷在东京长年患病,今年夏天,这个叫驹子的姑娘只好出来当艺伎,赚钱寄给他支付医药费。这次回来是怎么回事呢?"

"驹子?"

"唉,虽说只是订了婚,只要尽了该尽的力,以后也就……"

"你说他们订了婚,真的吗?"

"嗯,听说他们订婚了。我不太清楚,听别人这么说的。"

在温泉旅馆听按摩师聊艺伎的身世,这种事太平常了,反而让岛村颇觉意外。而驹子为了未婚夫出来当艺伎,也是太过老套的故事,以至于让岛村一时无法接受。也许是与道德观念相抵触的缘故吧。

他想进一步打听这事时,按摩师却打住了话头。

假设驹子是少爷的未婚妻,叶子是少爷的新恋人,而少爷又即将病死……岛村的头脑中又浮现出"徒劳"这个词语来。驹子一直守着婚约,甚至当艺伎赚钱为他治病,这一切不是徒劳又是什么呢?

岛村心想，下次见到驹子，一定要劈头盖脸地甩给她一句"徒劳"。想到这里，岛村又再次觉得，这样反而能够更加纯粹地感觉到她的存在。

岛村这种虚伪的麻木里头，散发出一种无耻的危险气息。他默默地品味着，直到按摩师回去后还一直躺着不动。他觉得有一股寒意渗透到心底，回过神一看，才发现窗户一直敞开着。

山谷里天黑得早，此时暮色已经冷冷地笼罩下来了。因为光线昏暗，被夕阳照着积雪的远处群山仿佛一下子迫近了。

不久，由于各处山峦远近高低不同，形态各异的山褶阴影逐渐变深。最后只剩山峰还残留着淡淡余晖，顶峰积雪的上空布满了晚霞。

点缀在村子河岸、滑雪场、神社各处的杉树林黑黝黝的，变得更加显眼。

岛村正陷入空虚的伤感之中。这时，驹子走进来，仿佛瞬间点亮了温暖的灯光。

驹子说，这家旅馆正举行一个迎接滑雪客人的筹备会，随后的宴会上，她会被叫去陪酒。她把脚伸进被炉里，突然开始抚摸起岛村的脸颊。

"今晚你的脸这么白，真奇怪。"说着，她仿佛要用力揉碎似的捏住他那柔软的脸颊，"你是个傻瓜。"

她似乎已经有点儿醉意。宴会结束后，她又走进来。

"不管了，我再也不管了。头疼，头疼死了。唉，难受，真难受！"她倒在梳妆台前，突然流露出一脸醉态，甚至让人觉得有几分滑稽。

"我想喝水，请给我一杯水。"

她双手掩面，也不顾发髻会被压乱就躺下了。不一会儿她又坐起来，用面霜卸掉脸上的白粉，便立刻显露出红扑扑的脸颊，连她自己也笑个不停。这次酒醒得快得出奇。她的肩膀冷瑟瑟地颤抖着。

然后，她语气平静地开始说起，整个八月份自己因为神经衰弱而闲待在家中。

"我担心自己会发疯。我一直胡思乱想，但连我自己也搞不懂在想些什么。是不是很可怕？我完全睡不着觉，只有去宴会陪酒时才提得起劲头。我总是做各种各样的梦，饭也吃不下。大热天里，我把缝衣针在榻榻米上扎进去又拔出来，扎进去又拔出来，一刻也没有消停。"

"你是几月份出来当艺伎的？"

"六月。不然的话，我现在可能已经去了滨松。"

"嫁人去？"

驹子点点头。她说，滨松那个男人一直纠缠着要跟她结婚，可她怎么也不喜欢他，所以犹豫不决。

"既然不喜欢，又有什么好犹豫的呢？"

"也不能这么说吧。"

"结婚这么有魔力吗？"

"真讨厌。也不是什么有魔力吧，我只是觉得，非得把自己的事情处理妥当才安心。"

"嗯。"

"你这个人太不认真了。"

"你是不是跟滨松那个男人有什么关系?"

"有的话,就用不着犹豫啦。"驹子断然说道,"不过,那个男人说,只要我在这个地方,他就不许我跟别人结婚,他会不择手段地阻挠我的。"

"他在滨松那么远的地方,你还担心?"

驹子默不作声,静静地躺了一会儿,仿佛在品味着自己身体的温热似的。忽然,她若无其事地冒出一句:

"那时我还以为自己怀孕了呢,嘻嘻,现在想起来真好笑,嘻嘻嘻。"

她抿嘴一笑,突然把身子蜷缩起来,像孩子似的用两只拳头攥住岛村的衣领。

她那浓密的睫毛,看起来又像是半睁着的黑色眸子。

次日清晨,岛村醒来时,驹子正用一只胳膊肘支在火盆上,在一本旧杂志封底上乱写着什么。

"喂,我回不去啦。刚才女佣进来添火了,真难堪。我吓了一跳,赶紧起来,发现太阳都已经晒到纸拉门上了。我昨晚大概是喝醉之后迷迷糊糊地睡着了。"

"几点了?"

"已经八点了。"

"去泡一下温泉吧？"岛村站起来。

"不去，在走廊上会被别人撞见的。"她似乎完全变成了一个温顺的女人。岛村泡完澡回来时，驹子已经灵巧地把毛巾裹在头上，勤快地打扫着房间。

她像有洁癖似的，连桌脚、火盆边都擦了，扒炉灰的动作也显得颇为熟练。岛村把脚伸进被炉里，就这样躺着抽烟。烟灰掉落下来，驹子就轻轻地用手绢擦掉，还给他拿来了一个烟灰缸。岛村爽朗地笑起来。驹子也笑了。

"你要是成了家，你丈夫肯定老挨你骂。"

"有什么好骂的？我经常被别人取笑说，连要洗的衣服都叠得整整齐齐的，大概天性如此吧。"

"有人说，只要看看衣柜里面，就知道这个女人的性格了。"

在遍布房间的暖融融的清晨阳光下，两人吃着早餐。

"天气真好。早点儿回去练琴就好了。这种天气弹琴，音色会格外不同。"

驹子抬头仰望澄澈深邃的天空。

远处的群山笼罩着柔和的乳白色，仿佛是积雪升起的烟雾。岛村想起按摩师的话，就说："在这里练琴也行。"驹子随即站起身，给家里打电话，让人把换洗衣服连同长歌[1]乐谱一起送过来。

白天见过的那个房间里会有电话？这么一想，岛村的头脑中又浮现出叶子的眼睛来。

---

[1] 江户时代，作为歌舞伎伴奏音乐而发展起来的三味线曲子。

"那位姑娘给你送过来?"

"也许吧。"

"听说你和那家少爷订了婚?"

"哎哟,你什么时候听说的?"

"昨天。"

"你这人真奇怪。听说了就听说了嘛,为什么昨晚不告诉我呢?"

不过,驹子这次并不像昨日白天时那么尖酸,脸上还流露出洁净的微笑。

"除非瞧不起你,不然就开不了口呀。"

"口是心非。东京人老爱说假话,最讨厌了。"

"你看,我一说,你又岔开话题。"

"我可没岔开话题。你把那传闻当真的了?"

"当真的了。"

"你又说假话。你明明没当真……"。

"我确实是觉得无法理解。有人说,你是为了给未婚夫赚医药费才出来当艺伎的?"

"真讨厌,说得跟新派剧[1]似的。所谓的未婚夫只是谣传,但好像有很多人信以为真哩。我并非为了谁才出来当艺伎的,而只是做我该做的事罢了。"

"你老是说些莫名其妙的话。"

---

[1] 明治时代后期兴起的、与旧派(歌舞伎)相对的大众戏剧。这里指煽情的家庭悲剧。

"说实话吧，师傅好像确实想过撮合我和少爷，但也只是心里想而已，嘴上从来没提过。师傅的这种心思，我和少爷都隐约意识到了。不过，我们俩之间没有什么的。仅此而已。"

"你们俩从小就认识吧？"

"嗯。不过，我们俩一直以来都是各过各的生活。当初我被卖到东京当艺伎学徒时，只有他一个人来给我送行。我最早的一本日记上，开头就记了这件事。"

"你们俩要是都在那个港口的话，现在可能就在一起了吧？"

"我想应该不会。"

"是吗？"

"你用不着为别人的事操心。他已经是将死之人了。"

"话说回来，你在外面过夜不太好吧。"

"你这人，怎么能这么说呢？我自己喜欢做什么就做什么，一个将死之人还管得着吗？"

岛村无言以对。

然而，驹子还是一句都没提到叶子。这是为什么呢？

另外，站在叶子的立场来说，她就连在火车上也像年轻母亲那样悉心照顾那个男人，护送他回来……而现在一大早，竟然要上门送换洗衣裳给跟那个男人有着微妙关系的驹子，此刻她又是怎样一种心情呢？

岛村一如往常地陷入了遥远的遐想。

"驹子姐，驹子姐。"这时，外面传来了叶子的喊声。声音虽然轻，却是那样清澈动人。

"嗯，辛苦你了。"驹子站起身来，走到隔壁那个五平方米大小的房间里，"叶子你来啦！哎呀，这么重，全都帮我拿过来了。"

叶子好像没说话就回去了。

驹子用手指挑断第三根弦，换上新弦，随即调好了音。岛村能听出来，她拨弦的音色很清亮。她在被炉上打开鼓鼓囊囊的包袱一看，除了普通的乐谱外，还有二十多本杵家弥七[1]的《文化三味线乐谱》。岛村一脸诧异地拿起来，说道：

"就用这些玩意儿练琴？"

"这儿没有师傅，没办法呀。"

"家里不是有个师傅吗？"

"中风了。"

"中风了也可以说话嘛。"

"话也说不了了。舞蹈嘛，她倒是可以用还能动的左手给纠正动作；至于三味线，她就只能听得心烦而无能为力了。"

"你能看得懂这些乐谱？"

"当然看得懂。"

"业余爱好者倒也罢了，一个艺伎在这偏远山村里还这么刻苦练琴，乐谱店老板肯定会很高兴吧。"

"我当艺伎学徒时主要是学舞蹈；赎身后，在东京学的也是舞蹈。三味线只模模糊糊地记得一点儿，忘了也没人指点，所以只能

---

[1] 杵家弥七（1890—1942），三味线琴师，曾努力推广三味线记谱法，促进了长歌的发展。

靠乐谱啦。"

"歌谣呢?"

"唉,歌谣可不行。练舞蹈时听熟的那些还凑合,但新歌都是从广播或别的什么地方学来的,唱得怎么样也不知道。自己随意瞎唱,肯定很可笑吧。而且,我在熟人面前唱不出口;要是不认识的人,还能放开嗓门唱一唱。"她有些羞怯地说着,随即摆出准备开始弹奏的架势,盯着岛村的脸。

岛村突然感觉被震慑住了。

他在东京的平民区长大,从小对歌舞伎和日本舞蹈耳濡目染,自然而然地记住了一些长歌的唱词,但并没有主动去学过。一提起长歌,他会立刻联想到舞蹈的舞台,而不是有艺伎演奏的宴席。

"真讨厌。你这个客人最令人紧张了。"驹子轻轻地咬了一下嘴唇,把三味线架在大腿上。光看这架势,就仿佛与原先判若两人了。她认真地翻开乐谱,说道:

"今年秋天看着乐谱学的。"

这首是《劝进帐》[1]。

岛村忽然感觉一阵凉意从脸颊直透心底,几乎要起鸡皮疙瘩似的。三味线的声音,回荡在他那突然变成空白的头脑中。与其说他感到吃惊,不如说受到了打击。他被虔诚之心打动,被悔恨之念洗刷。他失去了所有力气,于是只得抛却自我,任凭自己被驹子的力量冲走,任凭自己漂浮其间,并从中感到无比快慰。

---

[1] 有名的歌舞伎传统剧目之一。

一个十九、二十岁的乡村艺伎弹三味线，按说应该水平有限，只是在宴会陪酒时弹一弹而已，但此刻她却简直像在舞台上表演一样。岛村想将这归结为自己闲居山里产生的感伤情绪在作祟。而驹子则时而故意语调生硬地念歌词，时而又嫌"此处太慢、太冗长"而跳过不弹。可不知不觉地，她像着魔似的逐渐提高了嗓音，拨弦声也变得越来越清亮。岛村不禁有些畏惧，于是就故作镇静地把头枕在胳膊上面躺下来。

《劝进帐》曲终时，岛村才松了一口气，心想：唉，这个女人爱上我了，这是多么可悲啊！

"这种天气弹琴，音色会格外不同。"驹子今早仰望着雪后晴空时所说的这句话，果然没错。这是因为空气不一样，既没有剧场的墙壁，没有听众，也没有都市的尘埃，琴声穿透纯粹的冬日清晨，一直传到远处被积雪覆盖的群山间。

她习惯了面对着大自然的山谷孤独地练琴——因为自己并没意识到，所以她拨弦时自然会越来越用力。这种孤独冲破了哀愁，蕴含着一种野性的精神力量。虽说稍有基础，但是，靠乐谱自学复杂的曲子，一直练到能不看谱而熟练弹奏的程度，这无疑需要有坚持不懈的坚强意志。

在岛村看来，驹子的活法是徒劳无益的，是令人同情的渺茫憧憬。但对驹子自身来说，这种活法就是其存在的价值，并且已经充溢在铿锵有力的琴声里。

岛村听不出细微处的弹拨技巧，只听得出琴声中的情绪。对于驹子来说，这样的听众最合适不过了。

驹子开始弹奏第三首曲子《都鸟》[1]。大概是这首曲子的曲风艳丽柔和的缘故吧,岛村先前那种起鸡皮疙瘩的感觉已经消失,取而代之的是一种温情脉脉的安心感。他凝视着驹子的脸庞,深切地感受到一种肉体上的亲近感。

她那细而高的鼻梁略显单薄,但脸颊红润而有活力,似乎在对人小声耳语:"我在这里哟。"她那美丽光滑的红色嘴唇,即使微微闭上时,看起来也像闪烁着润滑的光泽。而在唱歌时,她的嘴唇时而张大,随即又可爱地合起来。这种感觉,像极了她那身体的魅力。在微弯的眉毛下,眼梢既不翘起也不垂下,仿佛故意描画得直直的。那双眼睛,此刻显得水汪汪的,带有几分稚气。她没有施白粉,皮肤好像新剥开的百合或洋葱的球根,或许也可以说,是都市里陪酒卖笑之人的晶莹剔透的皮肤,又染上山里的颜色;连脖颈处也微微泛红,显得无比洁净。

她端端正正地坐着,摆好架势,看起来跟往常不一样,像个少女似的。

最后,她说:"来一首眼下正在练的。"随即她看着谱子弹奏起《新曲浦岛》[2]。弹完后,她默默地把拨子夹在琴弦下,放松了架势。

突然,她浑身散发出妩媚之气。

岛村什么话也说不出来。驹子似乎也并不在乎岛村如何评价,只是顾自流露出一副开心的样子。

---

[1] 二世杵屋胜三郎创作的长歌曲子,内容是在隅田川风物之中寄托男女之情。
[2] 根据浦岛太郎传说创作的舞蹈剧。其中的长歌曲子的作曲者是杵屋勘五郎、杵屋寒玉。

"这里的艺伎弹三味线,你光听琴声,能分辨出是谁在弹吗?"

"当然能分辨出来,总共还不到二十人嘛。弹《都都逸》[1]就更容易分辨了,因为它最能表现出每个人的特点。"

她又拿起三味线,挪了挪跪坐着的右脚,把琴身搁在腿肚子上,腰向左边扭,身体向右倾斜。

"小时候是这样练习的。"她注视着三味线的琴颈,一边叮叮咚咚地拨响琴弦,一边略带稚气地唱起来,"黑——发——的……"

"你一开始学的就是《黑发》[2]吗?"

"不是。"驹子像小孩子一样摇了摇头。

从此以后,驹子即使在外面过夜,也不再坚持非要在天亮前赶回去了。

"驹子姐。"从走廊远处传来一声尾音上扬的叫唤声。驹子把这个旅馆的三岁小女孩抱到被炉旁边,专心陪她玩。快到正午时,驹子又带她去洗澡。

洗完澡,她一边给小女孩梳头,一边说道:

"这孩子一看见艺伎,就用尾音上扬的语调喊'驹子姐'。无论是照片还是图片,只要看到梳着日式发髻的,她就说是'驹

---

1 歌颂男女爱情的传统俗曲,用三味线伴奏。
2 适合长歌初学者练习的短曲。

子姐'。我喜欢小孩，很懂他们的想法。小君，去驹子姐家里玩吧？"

驹子站起身来，随即又悠闲地坐到走廊的藤椅上。

"这些急性子的东京人，已经开始滑雪啦。"

这个房屋位于高处，从侧面可以望见南边山脚下的滑雪场。

坐在被炉旁的岛村也转过头来看。斜坡上的积雪稀稀拉拉的，所以那五六个身穿黑色滑雪服的人正在山脚那边的田地里滑着。一道道田埂还没被雪覆盖，而且也没什么坡度，简直毫无乐趣。

"好像是学生。今天是星期天吧？这样滑雪有意思？"

"不过，他们滑雪的姿势很不错呀！"驹子自言自语似的说道，"客人们说，在滑雪场上碰见打招呼的艺伎时，他们会觉得很惊讶：'咦，原来是你呀！'因为皮肤被雪光晒得很黑，差点儿认不出来。而晚宴上见到时是化过妆的。"

"艺伎也穿着滑雪服？"

"是穿山裤。唉，真讨厌，真讨厌。在宴席上，客人会约我说：'明天滑雪场上见。'马上又到这种时候啦。我今年不想滑雪了。再见。喂，小君，走吧！今晚要下雪呢。下雪前很冷的哟！"

驹子起身走后，岛村坐在那张藤椅上朝外张望。只见滑雪场尽头的坡道上，驹子拉着小君的手一路走回去。

天空中出现了云，有的山峦被遮挡，形成阴影，有的山峦仍然沐浴着阳光。它们重叠在一起，光和影不断地变化着，呈现出一派苍凉的景象。不久，滑雪场也忽然阴沉下来了。朝窗下望去，只见枯萎的菊花篱笆上挂着琼脂似的霜柱。屋顶融雪沿着屋檐导水管滴落的声音不绝于耳。

当晚没有降雪,而是下霰,后来又变成下雨。回去的前一晚,月光皎洁,空气冷飕飕的。岛村又叫了驹子过来。虽然已将近十一点,驹子却非要一起去散步。她粗鲁地把他从被炉里拖起来,不由分说地拽了出去。

路上已经结冰。山村在寒气中静静地沉睡着。驹子撩起和服下摆,塞进腰带里。月光晶莹剔透,宛如蓝色冰面上的一把利刃。

"一直走到车站吧。"

"你疯啦,来回有四公里路呢。"

"你马上要回东京了,我想去看看车站。"

岛村从肩膀到大腿都冻得发麻。

回到房间时,驹子突然变得无精打采,低着头,把两只胳膊深深地伸进被炉里,而且还一反常态地没去洗澡。

被炉上的被子没有撤走,上面又加盖了一层被子。地上铺了一个睡铺,褥子一直铺到坑式被炉的边沿。驹子坐在被炉旁烤火,一动也不动地低着头。

"怎么啦?"

"我要回去了。"

"尽说傻话。"

"别管我,你睡吧。我就这样待着。"

"为什么要回去?"

"不回去了。就在这里待到天亮。"

"真没意思,别闹别扭了。"

"我可没闹别扭。我哪里有闹别扭？"

"那就……"

"唉，我难受着呢！"

"噢，原来如此。没什么关系呀。"岛村笑了，"我又不会把你怎么样。"

"讨厌。"

"你这傻瓜，还那样到处乱走。"

"我要回去了。"

"不用回去呀。"

"真难过。喂，你快回东京去吧。真难过啊！"驹子轻轻地把脸贴在被炉上。

驹子所说的"难过"，是担心自己对一个过客陷得太深，抑或是在这种时候默默忍受的郁闷心情？岛村一时沉默无语，心想：莫非她内心已经陷得这么深了吗？

"你快回东京去吧。"

"说实话，我是打算明天就回去的。"

"啊，为什么要回去？"驹子像清醒过来似的抬起头。

"就算再待下去，我也没法为你做什么呀。"

驹子茫然注视着岛村，突然厉声说道：

"你不能这样，你不能这样！"

她焦躁地站起来，冷不防搂住岛村的脖子，一副惊慌失措的样子。

"你不能说这种话！起来，我叫你起来！"

她一边胡言乱语,一边却扑倒下来,疯狂得忘掉了自我。

稍过片刻,她睁开温柔湿润的眼睛。

"真的,你明天就回去吧。"

她平静地说着,捡起掉落在地上的发丝。

第二天,岛村决定乘坐下午三点的火车回去。岛村正换衣服时,旅馆掌柜悄悄地把驹子叫到走廊外面。岛村听到驹子回答说:"是呀,你就按十一个小时算吧。"大概是掌柜觉得十六七个小时太长了,所以才问驹子的吧。

岛村看看账单,只见上面都是按时间结算的——清晨五点回去的就算到五点,第二天十二点回去的就算到十二点。

驹子身穿大衣,外面裹了一条白色围巾,送岛村到车站。

为了打发时间,他们去买了些木天蓼酱菜、滑子菇罐头之类的土特产。买完后还有二十分钟,于是他们就在车站前稍高的广场上散步。岛村眺望着周围的景色,心想:这里是个四周环绕雪山的狭小地方啊。在幽暗山谷的寂寥景象中,驹子那过于浓黑的头发反而显得有些凄凉。

远处河流下游的山腰上,不知为什么,有一处地方照射着淡淡的阳光。

"我来这里之后,积雪融化了很多嘛。"

"可要是连下两天雪,马上就会积到六尺厚。再继续下的话,连那些电线杆上的灯都会被埋进雪里。我要是一边想着你一边走路,说不定脖子会被电线剐伤呢。"

"会积那么厚吗?"

"听说,前面那个镇子上的中学,一到下大雪的清晨,学生们就光着身子从宿舍二楼的窗口跳到雪地上。身体哧溜一下沉入雪里,完全看不见了,然后就像游泳似的在雪中滑着走。你看,那边也有扫雪车。"

"我想来赏雪,但正月时的旅馆会有很多人吧。坐火车会不会遇上雪崩?"

"你也太不知足了吧。你一直是这样过日子的吗?"驹子看着岛村的脸,"你为什么不留胡子呢?"

"嗯,想留呢。"岛村抚摸着刚刮过的青色胡茬儿,心想:自己嘴边的这道皱纹恰到好处,使柔和的脸颊显得更端正——驹子大概是因此而看上我的吧?他接着说道:

"你呢,每次一卸妆后,脸上就像刚用剃刀刮过一样。"

"乌鸦的叫声真烦人。是在哪儿叫的呢?天气真冷啊!"驹子仰望天空,把双臂抱在胸前。

"去候车室烤烤火吧。"

这时,从街道拐向车站的那条宽阔的路上,有个人急匆匆地跑了过来——是穿着山裤的叶子。

"啊,驹子姐,行男他……驹子姐……"叶子气喘吁吁地抓住驹子的肩膀,就像逃脱可怕怪物的小孩子拼命抱着母亲一样,"快回去,情况不好了。快!"

驹子仿佛忍受着肩膀疼痛似的闭上眼睛,脸色一下变得惨白,但随即却出乎意料地、坚定地摇摇头。

"我正在给客人送行,没法回去。"

岛村大吃一惊。

"还管什么送不送行呢。"

"不行。谁知道你还会不会再来。"

"来,我会再来的。"

叶子似乎完全没听见他俩说话,只是焦急地拉住驹子。

"我刚才打电话到旅馆,听说你去了车站,就马上赶来了。行男想见你呢。"

驹子默默地忍耐着,突然一把甩开她的手,说道:

"不去!"

紧接着,她踉跄了两三步,随即哇的一声想要呕吐,却什么也没吐出来。她眼眶湿润,脸颊上起了鸡皮疙瘩。

叶子一下僵住了,呆呆地看着驹子。不过,叶子的表情过于认真,以至让人分不清是愤怒,是惊讶,还是悲伤,感觉就像戴着面具似的,显得无比单纯。

叶子就这样转过头,突然抓住岛村的手,提高嗓门央求道:

"喂,对不起,请你让她回去吧,让她回去吧!"

"嗯,我让她回去。"岛村大声说道,"快回去吧,傻瓜!"

"有你说话的份儿吗?"驹子一边对岛村说着,一边用手把叶子从岛村身边推开。

岛村想举手指向车站前的一辆汽车,才发现刚被叶子用力抓过的手指尖有点儿发麻了。

"我马上让她坐那辆车子回去。现在你先回去吧。在这里这么争吵,会被人看笑话的。"

叶子点了点头，说道："要快呀！要快呀！"说完她就转身跑开。一下就走掉了，简直让人难以置信。看着她远去的背影，岛村心里掠过了一个不合时宜的疑问：为什么这位姑娘总是这么一脸认真呢？

叶子那美得有几分悲凉之感的声音，仿佛某处雪山的回声一样萦绕在岛村的耳边。

"你要去哪里？"驹子见岛村要去找汽车司机，就把他拽回来，"哼，我不回去。"

岛村突然对驹子产生了一种生理上的厌恶感。

"我不知道你们三个人之间是什么关系，但少爷眼下不是快死了嘛，所以他才想见见你，让人叫你回去。你还是老老实实地回去吧，不然会后悔一辈子的。说不定我们在这里扯皮的时候他就断气了，那怎么办？别这么固执了，过去的事就让它过去吧。"

"不，你误会了。"

"你被卖到东京去的时候，只有他一个人来给你送行——你最早的一本日记的一开头就记了这件事呀。现在你有什么理由不去给他送终？你应该去，在他生命的最后一页写上你的名字。"

"不，我不想看见一个人死去。"

这话听起来既像冷酷无情，又像爱得太深，岛村也有点儿分辨不清了。

"日记再也写不下去了。我要把它们全烧掉。"驹子喃喃自语着，脸颊不知为何渐渐开始变红，"喂，你是个诚实的人吧？你要是个诚实的人，我也可以把日记全都送给你。你不会笑话我吧？我知道你是个诚实的人。"

岛村内心涌起一股莫名的感动。他也开始觉得：确实，没有人像自己这么诚实的了。他没有再勉强驹子让她回去，驹子也沉默不语。

掌柜从旅馆派驻车站的办事处走出来，通知开始检票。

只有四五个身穿冬装的本地人默默地上下车。一个个都阴沉着脸。

"我不进站台了。再见。"驹子站在候车室的窗边。玻璃窗紧闭着。从火车上望去，她就像一个奇怪的水果，被独自遗忘在破落荒村的水果店那陈旧发黑的玻璃柜里。

火车一开动，候车室的玻璃窗就闪闪发光，驹子的脸庞似乎一下在亮光中燃烧起来，但随即又消失了。这张脸庞，和映照在那面清晨积雪的镜子里时一样红扑扑的。岛村再次感觉到，这是一种介于现实与虚幻之间的颜色。

火车从北面爬上两县交界处的山岭，穿过长长的隧道。冬日下午淡淡的阳光仿佛被吸入地底下的黑暗中，陈旧的火车仿佛把明亮的外壳脱落在隧道里，从层峦叠嶂之间往暮色渐起的山谷驶去。山的这一侧还没有雪。

沿着河边行驶不久，火车来到辽阔的原野。山顶仿佛被切削得颇为有趣，一道优美的斜线缓缓地延伸到遥远的山脚下，山边染上了月色。作为原野尽头的唯一风景，山峦的整个轮廓被淡淡的晚霞清晰地勾勒成深蓝色。月色尚浅，还没有冬夜的清冷之感。天空中没有一只飞鸟。山麓原野一望无际，开阔地向左右延伸。快到河边处，一座好像是水电站的白色建筑物耸立着。萧瑟寒冬的车窗外，仅剩这些景物还没被暮色吞没。

　　因为开了暖气,车窗开始变得模糊不清。随着在窗外流动的原野渐趋昏暗,玻璃上又半透明地映照出乘客的身影。又是那面映照暮色风景的镜子的把戏。这趟老式客车旧得褪了色,跟东海道线列车相比,简直像来自另一个国度,大概只有三四节车厢连在一起吧。灯光也很昏暗。

　　岛村仿佛坐在某种非现实的交通工具上,失去了时间和距离的意识,似乎陷入一种恍惚状态,任其空虚地载着自己的身躯驶向前方。这时,那单调的车轮声听起来竟有点儿像驹子的话语声。

　　虽然驹子说的那些话零碎而简短,却是女人努力生活的明证,甚至让岛村听得有点儿难受,所以一直没有忘掉。然而,对于此刻正渐渐远去的岛村来说,那已经是遥远的声音了,徒增旅愁而已。

　　眼下这个时候,行男大概已经断气了吧?驹子不知为什么这么固执地不肯回去。也许她会因此而见不到行男最后一面吧。

　　乘客少得有些可怕。

　　一个年龄五十开外的男人与一个脸色红润的姑娘相向而坐,聊得正起劲。姑娘丰腴的肩膀上披着一条黑色围巾,脸色红得几乎要燃烧起来似的。她探出上半身,专心地倾听,并快活地应答着。看样子,这两人是长途旅行的旅客。

　　可是,当列车驶入一个耸立着缫丝厂烟囱的车站时,男人却急忙从行李架上取下柳条箱,从窗口放下站台去,对姑娘说了一句:"有缘还会再见的。"然后他就下车走了。

　　岛村忽然差点儿流出眼泪来,就连他自己也感到惊讶。于是,他越发觉得自己是在与驹子分手后的归途中。

他做梦也没想到那两人其实只是偶然同乘一车而已。那男的大概是个行脚商之类的。

在东京临出门前,妻子曾提醒过:"现在是飞蛾产卵的季节,所以不要把衣服就那么挂在衣架或墙上。"来了这里岛村果然发现,在旅馆屋檐下吊着的装饰灯上,牢牢趴着六七只黄色的大飞蛾。隔壁那个五平方米的房间的衣架上,也趴着一只个头虽小而躯体粗壮的飞蛾。

窗户上仍然蒙着夏天防虫的铁纱。铁纱上面,果然有一只飞蛾一动不动地趴在那里,就像贴在上面似的。小羽毛似的红褐色触角向前伸着。翅膀却是透明的浅绿色,像女人的手指那么长。窗外那两县交界处的连绵群山已经被夕阳染上秋色,所以这一点儿浅绿色反而给人一种死亡之感。只有前后翅膀重叠的部分是深绿色的。秋风吹来,那翅膀就像薄纸一样轻轻摆动。

岛村心想:这飞蛾是不是活着呢?他站起身来,用手指从铁纱内侧弹了弹。飞蛾却没有动。他又用拳头使劲敲了一下。只见飞蛾像树叶般飘然落下,中途又轻快地飞起来。

仔细一看,对面的杉树林前,流动着数不清的成群蜻蜓,宛如蒲公英的绒毛在飞舞。

山脚下的河流,看起来仿佛是从杉树梢上流出来的。

略微高起的山腰上，盛开着像是白胡枝子的花，闪烁着银色的光芒。岛村又饶有兴致地眺望着。

岛村从室内温泉出来时，有一个卖东西的俄罗斯女人坐在大门口。岛村心想：怎么会跑到这样的山村里来呢？他走过去一看，只见卖的是些常见的日本化妆品和发饰之类。

她大概已经四十岁出头，脸上有些小皱纹，看起来脏兮兮的，但粗壮的脖颈露出的部分却白而且胖。

"你是从哪里来的？"岛村问道。

"从哪里来？你是问，我从哪里来？"俄罗斯女人似乎不知该如何回答，一边收拾货摊，一边想着。

她身上穿的裙子，已经失去了西式裙装的样子，活像裹着一块肮脏的布。她像一个地道的日本人那样，背着一个大包袱回去了。不过，脚上倒是穿着靴子。

旅馆老板娘也在一旁目送俄罗斯女人离开。然后，她邀请岛村来到账房里。炉边坐着一个身材高大的女人，背对着他。女人手提和服下摆站起来。她身穿带家徽的黑色礼服。

岛村觉得有点儿面熟，因为曾在滑雪场的宣传照片上看见过这个艺伎——她身穿宴会裙装，下着山袴，和驹子并肩坐在滑雪板上。她是个体态丰腴、落落大方的中年女人。

旅馆老板把火筷子架在炉上，烤着大个的椭圆形豆馅儿包子。

"要不要来一个？是人家办喜事送的，尝一口试试吧？"

"刚才那位，不做艺伎了吗？"

"是的。"

"她蛮不错的嘛！"

"期满来辞行了。她也曾是个红人呀……"

岛村拿起热乎乎的豆馅儿包子，边吹气边咬了一口。发硬的包子皮散发出一股陈味儿，有点儿酸。

窗外，夕阳照在熟透了的红柿子上，光线反射进来，仿佛一直照到套着吊钩[1]的竹筒上。"那么长，是芒草吧？"岛村惊讶地看了看坡道那边。一个老太婆背着一捆草走过去，那草足有她身高的两倍那么长，还带着长长的穗子。

"嗯，那是茅草。"

"茅草？是茅草吗？"

"铁道省[2]举办温泉展览会时，搭建了一个休息室还是茶室，那屋顶就是用这里的茅草盖的。听说呀，有个东京人把整个茶室都买下来了呢。"

"是茅草吗？"岛村又自言自语地嘀咕了一句，"山上盛开的那些是茅草？我还以为是胡枝子花呢。"

岛村一下火车最先映入眼帘的就是这山上的白花。陡峭的山腰上面盛开着一大片，银光闪闪，感觉就像洒落在山上的秋日阳光一样。岛村不由为之感动。他还以为那是白胡枝子花。

然而，从近处看那些苍莽遒劲的茅草，感觉又与仰望远山时那些令人伤感的白花截然不同。一大捆茅草完全遮挡住了老太婆的身影，沙沙作响地划过坡道两边的石崖。那穗子十分茁壮。

---

1 从房梁垂挂到炉上，用来吊锅壶的钩子，可以自由伸缩。
2 当时主管铁道相关事务的中央政府机构。

回到屋里时,隔壁那间点着十烛灯的昏暗房间里,那只躯体粗壮的飞蛾在黑色衣架上产了卵,然后到处走动。屋檐下那只飞蛾也吧嗒吧嗒地往装饰灯上撞。

虫子从白天起就一直叫个不停。

稍过一会儿,驹子来了。

她站在走廊上,面对面地盯着岛村。

"你来干什么?你来这种地方干什么?"

"我来看你。"

"口是心非。东京人老爱说假话,最讨厌了。"

她坐下来,语气变得柔和了:"我不会再给你送行啦。那种心情,真说不出是什么滋味。"

"嗯,这次我悄悄回去。"

"讨厌。我只是说不送你去车站。"

"那个人怎么样了?"

"当然死掉了。"

"是在你送我到车站的时候死的?"

"这是两码事。我没想到送行竟然会那么难受呀!"

"嗯。"

"你二月十四日那天是怎么回事?你这个骗子,我一直在等你呢。你说的话,我不会再相信了。"

二月十四日当地会举行"驱鸟祭"[1]。这是一个颇有雪国特色

---

[1] 日本农村每年农历正月十四日夜晚到十五日早晨举行活动,祈祷丰收。但按小说描述,当地是在二月份举行。

的、面向孩子的节日活动。十天前,村里的孩子们就穿上藁沓[1],把积雪踩实,然后切削成大约半米见方的雪板,砌成雪堂。雪堂大小有五六米见方,高三米多。十四日晚上,把家家户户的注连绳[2]收集起来,在雪堂前焚烧,火光照得四周明晃晃的。这个村子在二月初一过新年,所以还留有注连绳。孩子们爬上雪堂屋顶,互相推挤,唱《驱鸟歌》;然后,走进雪堂里,点上明灯,在那里玩通宵;十五日凌晨时分,再次爬上雪堂屋顶,唱《驱鸟歌》。

那时可能正是积雪最厚的时节,所以岛村和驹子约好了来看驱鸟祭。

"我二月份回了趟老家。请假回来的。我以为你一定会来,所以才在十四日赶回来的。早知道多照顾病人几天再来就好了。"

"谁生病了?"

"师傅到港口后得了肺炎。正好我在老家,接到电报就去照顾她了。"

"病好了吗?"

"没有。"

"对不起。"岛村像是为自己失约之事道歉,又像是为师傅之死感到遗憾。

"没事。"驹子立刻温顺地摇摇头,一边用手绢拂了拂桌子,一边说道,"虫子真多。"

许多细小的羽虫从矮桌掉落到榻榻米上。好几只小飞蛾围着电

---

[1] 一种雪地穿的草鞋。
[2] 按日本习俗,挂在神殿前表示禁止入内或新年挂在门前取意吉利的稻草绳。

灯飞来飞去。

纱窗外侧也星星点点地趴着各种各样的飞蛾,在皎洁的月光底下浮现出来。

"哎呀,胃痛!"驹子把双手使劲插进腰带间,随即伏在岛村的大腿上。

不一会儿,她那领口敞开处露出来的涂了浓妆白粉的脖颈上,也落下了一群比蚊子还小的飞虫。有的虫子眼看着就像死去了,趴在那儿一动不动。

她的脖颈根比去年胖了些,长了些脂肪。岛村心想:她已经二十一岁了。

一股温润之气传到了岛村的膝盖上。

"他们在账房里笑嘻嘻地对我说:'驹子,快去山茶间看看吧。'真讨厌。我刚送大姐上了火车,本想着回来舒舒服服地睡一觉,可他们却说这边来叫过我了。我已经很累了,根本就不想过来。昨晚是大姐的送别会,我喝多了。他们在账房里一个劲儿地笑着。原来这个房客是你呀。时隔一年了,你这人是一年来一次的吗?"

"我也吃过那账房里的豆馅儿包子呢。"

"是吗?"驹子支起上半身来。她的脸因为刚才压在岛村膝盖上而红了一块,看起来像个小女孩似的。

她说,她把那位艺伎大姐一直送了两站地,然后才回来。

"真没意思。以前无论什么事都能很快办好,但现在渐渐流行起个人主义,大家都各干各的。这里也完全变啦。性格合不来的人越来越多。菊勇姐一走,我可就寂寞了。因为过去无论什么事都是由她拿主意的。她最受欢迎，从没低于六百支[1]，在我们这儿最受器重了。"

岛村问道："听说那位菊勇期满回老家去了。不知是结婚还是重操旧业？"

"大姐也是个可怜人。原先没出嫁成，才来这里的……"驹子把后面的话咽了回去，犹豫了好一会儿，才望着月光下的层层梯田说道，"那坡道半路上有一间新盖的房子，对吧？"

"你是说那家叫菊村的小饭馆？"

"嗯。大姐本来是要嫁到那家饭馆去的，后来她改变了主意，没有嫁成，一时闹得不可开交。人家好不容易为她盖了房子，临出嫁时她却突然反悔了。因为她有其他相好的人，并打算和那人结婚。结果，她被骗了。人一旦沉迷其中，就会变成那样吧。那人已经弃她而去，她也不可能再嫁回那家饭馆，而且也没脸继续待在这个地方，所以只好到别处去另谋生路了。想起来也真可怜哪。我们也不太清楚，反正她有过很多男人。"

"你是说相好的男人？有没有五个？"

"是呀。"驹子抿嘴笑了笑，忽然把头转向一边，"大姐也是个意志薄弱的人，真没用。"

"身不由己嘛。"

"那可不是。有人喜欢，那又能怎样？"她低着头，用发簪搔了搔头，"今天给大姐送行，心里真难过。"

---

[1] 艺伎陪酒时按点香数量来算时间，所以用点香数量计算薪酬的习惯也保留了下来。

"那么,那间新盖的饭馆怎么办?"

"由那人的大老婆来打理呗。"

"由大老婆来打理?真有意思。"

"店铺开张事宜全都准备好了呀,也只能这样做吧。大老婆带着她所有的孩子搬过来了。"

"家里怎么办?"

"听说只留下一个老太婆。这饭店主人虽说是乡下人,却有这种喜好。这人倒是挺有意思。"

"大概是个浪荡之徒。年纪挺大了吧?"

"还年轻呢。才三十二三岁。"

"啊?这么说来,小妾比大老婆年纪还大?"

"同年,都是二十七岁。"

"'菊村'这店名是取自菊勇的'菊'字吧。结果,这店竟然由大老婆来打理?"

"招牌一挂出去,就没法再改了呀。"

岛村把衣领拢了拢。驹子站起身来,去把窗户关上。

"大姐也知道你的情况。她今天还对我说你来了。"

"我在账房里见到她来辞行。"

"她说了什么吗?"

"什么也没说。"

"你理解我的心情吗?"驹子突然把刚关上的纸拉窗打开,一屁股坐到窗台上。岛村稍过片刻才说道:

"星星的光,这里和东京完全不一样。那些星星看起来像飘浮在空中似的。"

"今晚有月亮,所以星星也不算特别好看。今年的雪可真大。"

"火车好像经常不通呢。"

"嗯,确实可怕。汽车通行也比往年迟一个月,到五月份才通行。滑雪场里不是有个小商店吗?雪崩时,那里的二楼被雪穿透了。楼下的人不知道,听到奇怪的声音,还以为是厨房里的老鼠在闹腾。跑去一看,并没有老鼠。上了二楼,才发现到处都是雪,挡雨板什么的都被大雪冲掉了。虽说只是表层雪崩,广播电台却大肆报道,吓得游客们都不敢来滑雪了。我本来打算今年不滑雪,去年年底把滑雪板都送人了。不过,我还是滑了两三次。我是不是有点儿不正常?"

"师傅死了之后,你过得怎样呢?"

"你就别管闲事啦。我二月份就如约来到这里等你了哟。"

"你既然回到港口,写封信告诉我不就行了吗?"

"不写。我才不干这种窝囊的事。被你太太看到也不要紧的信,我才不写呢。太窝囊了。我没必要因为有所顾虑而说谎话呀。"

驹子的语速很快,语气如同咬牙切齿一般激烈。岛村点了点头。

"你别坐在那些虫子堆里,关上电灯吧。"

月光十分明亮,连驹子耳朵的凹凸形状都清晰地显现出来。月光似乎深深地渗透进榻榻米,使其泛出冰冷的青色。

驹子的嘴唇像美丽的水蛭身躯一样光滑。

"哎呀,让我回去吧。"

"你还是老样子嘛。"岛村仰起头,凑近去看她那似乎有点儿奇怪的、鼻梁稍高的圆脸。

"大家都说我跟十七岁来这里时没什么不同。毕竟过着同样的生活嘛。"

她的脸颊,仍然像北国少女那样红扑扑的。她那艺伎特有的肌肤,在月光下发出贝壳似的光泽。

"不过,我搬家了,你知道吗?"

"是因为师傅死了?现在,你已经不住在那间蚕房里,而是住到真正的置屋¹去了吧?"

"真正的置屋?是呀。店里卖些粗点心和香烟。仍然只有我一个人。这次是真的给人当佣工了,所以夜里就点蜡烛看书。"

岛村抱着胳膊笑起来。

"人家装了电表,可不能浪费电。"

"是吗?"

"不过,那家人对我很好,有时甚至让我怀疑自己是否在当佣工。孩子一哭闹,老板娘怕吵到我,就把他背到外面去。我没什么不满意的,只是不喜欢睡铺不整齐这一点。我回来晚了,他们就会给我铺床。要么是褥子没叠整齐,要么是床单铺得歪歪斜斜。每次看到这情形,我就会觉得很郁闷。但自己又不好再重新铺过,怕辜负了人家的一番好意。"

---

1 是指雇用艺伎,向茶屋等派遣艺伎的门店。

"你要是成了家,可有你操劳的。"

"大家都这么说。我生性如此呀。家里有四个小孩子,经常弄得乱七八糟的。我整天得忙前忙后地收拾。虽然明知收拾之后还是会被弄乱,心里却放不下,没法不管。在条件允许的范围内,我还是想尽可能干干净净地过日子。"

"是吗?"

"你理解我的心情吗?"

"理解呀。"

"既然理解,那你说说看。喂,你快说说看。"驹子突然语气激动地指责道,"你看,说不出来了吧。老是撒谎。你这个人哪,生活奢侈,做什么都漫不经心。你根本就不理解我。"

然后,她的语气又平静下来。

"真难过。我太傻了。你明天就回去吧。"

"被你这样追问,怎么可能说得清楚呢?"

"有什么说不清楚的?你这样可不行。"驹子一时语塞,似乎颇为无奈。她默默地闭上眼睛,心想:岛村心里还是有我的吧。她随即表现出一副通情达理的样子说:

"每年一次也好,你来吧。我在这里的时候,你一定要每年来一次呀。"

她说自己还有四年才期满。

"回老家的时候,我做梦也没想到还会再出来当艺伎。我临走前连滑雪板都送人了呢。唯一做到的事,就是戒烟了。"

"对呀,以前你抽得很凶的。"

"嗯。我会把宴席上客人送给我的烟悄悄塞进袖兜里,回到家,有时候能掏出好多支来呢。"

"四年可是够长的。"

"很快会过去的。"

"热乎乎的。"岛村顺势抱起依偎过来的驹子。

"我天生就是热乎乎的嘛。"

"这里早晚已经很冷了吧?"

"我来这里已经五年了。刚来那时,看到要住在这种地方,未免有点儿担心。通火车之前这里是很荒凉的。自从你第一次来这里之后,也有三个年头了。"

岛村心想:在这不到三年时间,自己来过三次,而每次驹子的境况都有变化。

几只纺织娘突然鸣叫起来。

"真讨厌。"驹子说着,从岛村的膝旁站起身。

北风吹过,纱窗上的飞蛾一齐飞了起来。

驹子那看似半睁着的黑色眸子,其实是闭上的浓密睫毛。岛村虽然知道,但还是凑近看了看。

"戒烟后,变胖了呢。"

驹子腹部的脂肪变厚了。

分开时无法触及的那种亲近感,此刻一下子又回来了。

驹子把手掌轻轻地放在胸脯上。

"一边变大了。"

"傻瓜。是那个人的坏习惯吧。"

"哎呀，真讨厌。瞎说，你真讨厌。"驹子突然变了语气。

岛村想起来了，正是这样。

"下次你告诉他，两边要平均。"

"平均？你是说要平均吗？"驹子温柔地把脸凑过来。

这房间在二楼，但房屋周围却有癞蛤蟆鸣叫着跳来跳去。听起来不是一只，而是两三只。鸣叫了很长时间。

从室内浴池上来，驹子又用安心而平静的语气说起自己的身世。

她甚至连这事也说了：在这里第一次体检时，她还以为和当学徒时一样，只用脱掉上半身衣服，结果被大家笑话，她还哭了呢。

岛村问她一些问题，她也无所顾忌地回答。

"我的那个是很准时的，每月提前两天来。"

"不过，也不妨碍你出去陪酒吧？"

"嗯，你连这都知道？"

每天可以在有名的温泉泡澡暖身子，出去陪酒时还要在旧温泉和新温泉之间走四公里路，而且在山村里很少熬夜，所以身体健康，胖而结实。不过，她还是长着一副艺伎常见的窄骨盆，横向窄而纵向厚。然而，岛村却被这个女人吸引，为了她远道而来，实在是悲哀。

"像我这样的人，不知道还能不能生孩子？"驹子一本正经地问。她的意思是说，只跟一个人交往，不就和夫妻一样？

岛村这才知道驹子有过这样一个男人，从她十七岁那年开始相好了五年。岛村这才明白，驹子为何如此无知，如此毫无戒心——他之前一直对此疑惑不解。

驹子说，她当艺伎学徒时为她赎身的恩主死后，她一回到港口，就开始有了这段关系。也许因为这个，她自始至终一直很讨厌那个人，觉得与他有隔阂。

"能维持五年，说明这个人很不错吧！"

"有过两次差点儿分手呢。一次是在这里开始当艺伎，另一次是从师傅家搬到这里时。可是，我的意志太薄弱了，我的意志真的太薄弱了。"

驹子说，那人住在港口。因为不方便把驹子安顿在那里，所以师傅来这个山村时就顺便把她带过来了。人倒是挺好，但驹子从没想过要委身于他，这确实很可悲。两人年纪相差很大，他也只是偶尔来一趟。

"我时常想，怎样才能断绝关系呢？干脆做些放荡不羁的事算了。我真的这样想过呢。"

"做放荡不羁的事可不好。"

"放荡不羁的事我也做不来。还是性格如此呀。我是很爱惜自己身体的。如果我愿意，可以把四年期限缩短成两年，但我不想这么拼。还是身体重要。拼命的话，肯定能赚到很多钱。既然是有年限的，不让雇主吃亏就行。本金摊到每月是多少，利息是多少，税金是多少，再加上伙食费，一算就知道了。差不多就行，没必要太拼。碰上麻烦的宴会，我觉得不乐意了就赶紧回来。平时如果不是熟客点名的话，旅馆也不会在大半夜来电话叫我过去。自己要是大手大脚，当然赚多少都不够花。但我现在逍遥自在地赚钱也能过日子。本金我已经还了多半了。还不到一年呢。不过，平时买这买那的，零用钱每月至少也得花三十日元。"

驹子说，每月赚一百日元就够。上个月赚得最少的人只有三百支，即六十日元。驹子陪酒九十多次，是最多的。陪酒一次，自己可以赚到一支，对雇主来说有点儿亏，但很快就能赚回来。在这个温泉浴场里，没有一名艺伎因为负债增多而延长年限的。

次日清晨，驹子一如往常地早早起来。

"我正梦见在打扫插花师傅的房间，就醒过来了。"

搬到窗边的梳妆台的镜子里，映照出满山红叶。镜中的秋日阳光也十分明亮。

粗点心铺的女孩子把驹子的换洗衣服送过来了。

这次不是那个在隔扇后面用清澈得有几分悲凉之感的声音喊"驹子姐"的叶子了。

"那位姑娘怎么样了？"

驹子瞥了岛村一眼。

"她经常去上坟。你看，滑雪场下面有块荞麦地，对吧。开着白花的那里。它的左边不是有座坟墓嘛。"

驹子回去后，岛村也到村里去散步。

白墙边的屋檐下，一个穿着崭新的红色法兰绒山袴的女孩子正在拍皮球。好一派秋天景象。

附近有很多古色古香的建筑物，大概是江户大名巡游时期修建的。屋檐很深。二楼的纸拉窗只有一尺高，呈细长形。檐下挂着茅草帘子。

土堤上有一道丝茅草篱笆。丝茅草绽放着浅黄色的花朵。每一株的细长叶子优美地伸展开来,就像喷泉一样。

路边向阳处,有个人铺上草席在打红豆,这个人正是叶子。

红豆从干枯的秸秆上光芒点点地蹦出来。

叶子头上裹着毛巾,大概没看见岛村吧。她叉开穿着山袴的双膝,一边打红豆,一边唱歌。那声音清澈得有几分悲凉之感,似乎还能听见回声。

　　蝴蝶,蜻蜓,蟋蟀,
　　在山上啾啾鸣叫,
　　金琵琶,金蛉子,纺织娘。

有一首歌谣是这么唱的:"晚风中的大乌鸦,忽然从杉树林飞走。"从这个窗口俯视下去,今天杉树林前仍然流动着成群蜻蜓。随着黄昏将近,它们似乎匆匆地加快了飞行速度。

岛村出发来这里之前,在车站小商店里找到一本介绍这一带山村的新版书,就买了下来。随便翻阅时,看见上面这么写着:"从这个房间放眼眺望两县交界处的群山,其中一座山顶附近有一条穿过美丽池沼的小径。这一带的沼泽地上,各种高山植物绽放着花朵。如若在夏天,还能看见红蜻蜓随处飞舞,时而落在行人的帽子上、手上,甚至是眼镜框上,这种悠然自得之状,和城市里的蜻蜓简直有天壤之别。"

然而，眼前这些成群的蜻蜓却不太一样，像被什么东西追逐着似的，又像是焦躁不安，唯恐自己的身影在天黑之前就消失在黑黝黝的杉树林里。

遥远的山峦被夕阳映照着，可以清晰地看见，山巅处的林叶开始逐渐被染红。

"人是很脆弱的。据说，从头到脚都摔了个粉碎。但像熊之类的动物，从更高的岩石上摔下来也不会受一点儿伤。"岛村想起了驹子今早说过的这句话。当时，她一边指着那座山，一边说："山岩那里又有人遇难了。"

如果像熊那样长着又硬又厚的毛皮，那么人的感官肯定也会变得很不一样。人是通过薄而光滑的皮肤相爱的。岛村一边遐想，一边眺望着夕阳下的山峦。渐渐地，他变得有些感伤，开始渴望起人的肌肤之亲。

"蝴蝶，蜻蜓，蟋蟀……"在时间尚早的晚饭时，不知哪个艺伎弹着难听的三味线，唱起了这首歌。

那本登山指南书上，只是简单地介绍登山路线、日程、旅馆、费用等，这样反而有助于无拘无束地进行空想。岛村第一次认识驹子，就是从那残雪冒出新芽的山间来到这个温泉村的时候。而且，现在又是秋天的登山季节。所以，当岛村眺望着曾留下自己足迹的山峦，内心不由对其充满向往。对于无所事事的他来说，非要不辞劳苦地去登山，显然是典型的"徒劳"之举。但也正因如此，这又有一种超脱现实的魅力。

和驹子分开两地时，岛村会经常想念她。然而，一旦来到她身边,也许是因为有一种安心感,或是觉得与她的身体太过亲近的缘故,岛村不由感觉到,对肌肤之亲的渴望,就和对山峦的向往一样,都是如同梦境一般。这大概也是昨晚驹子在这里过夜刚回去的缘故吧。但他只能在寂静中独自呆坐,期待着驹子会主动过来。不过,在外面传来的郊游的女学生们青春活泼的嬉闹声中,岛村渐渐觉得昏昏欲睡,于是就早早入睡了。

过了不久,似乎下起阵雨来。

次日清晨,当他醒来时,发现驹子正端坐在桌前看书,身上披着普通的平纹丝绸外褂。

"醒了?"她平静地说着,朝这边看了看。

"你怎么来啦?"

"醒了?"

岛村怀疑她是在自己睡着时来到这里过了夜。他一边扫视着自己的睡铺,一边拿起枕边的手表看,才六点半。

"这么早呀。"

"女佣都已经来添过火啦。"

铁壶冒出水蒸气,好一派清晨景象。

"起床啦。"

驹子站起身来,坐到他的枕边。这举止很有家庭主妇的做派。岛村伸了个懒腰,顺势抓住她放在膝盖上的手,抚弄着小小的手指头上弹琴磨出的茧子。

"我还很困呢。这才刚天亮呀。"

"一个人睡得可好?"

"嗯。"

"你还是没有留胡子嘛。"

"噢,对了,上次临走时你说过让我留胡子的。"

"反正你也会忘记的,算了。你总是把脸刮得发青。"

"你不也一样吗?经常一卸妆就像刚刮过脸似的。"

"你的脸蛋儿又胖了呀。脸色这么白,没有胡子的话,睡着的时候看起来很奇怪,圆圆的。"

"面相和蔼,不是挺好吗?"

"不可靠哇。"

"讨厌。你一直盯着我看?"

"嗯。"驹子微笑着点了点头,随即又突然笑出声来,不知不觉地,连握住岛村手指的手也更加用力了。

"我躲在壁橱里了,女佣完全没有发觉。"

"什么时候?什么时候躲进去的?"

"刚才呀,女佣来添火的时候。"

她一想起来就笑个不停,脸唰地红到耳根。她像在掩饰似的拿起被子一端,一边扇着一边说道:

"起床啦。快起来。"

"太冷了。"岛村抱着被子,"旅馆的人起来了吗?"

"不知道,我从后面上来的。"

"后面?"

"从杉树林那边爬上来的哟。"

"那边有路?"

"没有路,但是近哪。"

岛村惊讶地看着驹子。

"谁也不知道我来了。厨房里有声响,但大门还没开呀。"

"你又起得这么早。"

"昨晚睡不着。"

"你知道下了阵雨吗?"

"是吗?难怪那片山白竹湿漉漉的。我要回去了,你再睡一会儿吧。"

"我起来了。"岛村一直抓着她的手,猛地从被窝里爬起来,走到窗边,向下俯视着她所说的爬上来的地方。只见茂密的灌木丛下边,生长着一大片苍莽遒劲的山白竹。那地方连着杉树林的山腰处,窗户正下方的菜地里则种着萝卜、番薯、葱、芋头等。虽是寻常蔬菜,但在清晨阳光的照射下,各种叶子呈现出不同颜色,有一种仿佛初次见到的新鲜感。

在通往浴池的走廊上,掌柜向池子里的红鲤投掷饵食。

"看样子是天气变冷,胃口变差了。"掌柜对岛村说着,注视着那些浮在水面的蚕蛹干碎屑。

驹子整洁地坐在一旁,对刚从浴池出来的岛村说:

"这么个清静的地方,做做针线活儿多好呀!"

房间刚打扫过,秋天的朝阳一直照射到略显陈旧的榻榻米上。

"你会做针线活儿?"

"这话说的。姐妹几个当中,要数我最辛苦了。回想起来,我长大成人时,正好是家里最困难的时候。"她喃喃地说着,随即又突然提高嗓门,"女佣见到我时一脸惊讶:'驹子你什么时候来的?'我总不能三番两次地躲到壁橱里吧,真没辙。我要回去了。我太忙了。我睡不着,想洗个头。不趁早洗的话,等头发干了再去梳头师那里,就赶不上中午的宴会了。其实这边也有宴会,但到昨晚才告诉我,可我已经先接了别处的活儿,所以就来不了了。今天是星期六,特别忙,不能来玩啦。"

驹子虽然这么说,却没有起身要走的意思。

她决定不洗头了,而邀请岛村去后院看看。走廊下面摆放着驹子那湿漉漉的木屐和布袜。她刚才大概就是从这里偷偷溜进来的吧。

她所说的那片山白竹,看样子是走不过去了,所以只能沿着田边朝流水声的方向往下走。河岸陡峭,形成了一道很深的悬崖。栗子树上传来了孩子的说话声。脚下的草丛里也有好几颗掉落的栗子刺球。驹子用木屐踩碎外壳,把果实剥出来,都是些小栗子。

对岸陡峭的山腰上开满了茅草的花穗,银光闪闪地摇曳着。虽说那是耀眼的颜色,但又有一种在秋日天空中飞翔的透明的虚幻感。

"去那边走走吗?可以看到你未婚夫的坟墓呢。"

驹子忽然踮脚站起来,一脸严肃地盯着岛村,冷不防将一把栗子朝他脸上扔去。

"你把我当成了傻瓜呀!"

岛村来不及闪开,额头被砸得咚咚作响,十分疼痛。

"那坟墓跟你有什么关系,非要去看呢?"

"何必这么认真呢？"

"对我来说，这就是一件认真的事。我可不像你那样玩世不恭。"

"谁玩世不恭啦？"他无力地嘀咕了一句。

"那你为什么要说他是我的未婚夫呢？以前不是跟你说过吗？他不是我的未婚夫。你忘记了吗？"

岛村并没有忘记。

他记得驹子这样说过："师傅好像确实想过撮合我和少爷，但也只是心里想而已，嘴上从来没提过。师傅的这种心思，我和少爷都隐约意识到了。不过，我们俩之间没有什么的……一直以来都是各过各的生活。当初我被卖到东京当艺伎学徒时，只有他一个人来给我送行。"

那个男人病危时，她还跑到岛村那里过夜，而且还豁出去似的说："我自己喜欢做什么就做什么，一个将死之人能管得着吗？"

更何况，驹子送岛村到车站时，叶子赶来告诉她说病人不行了，要她回去，而驹子却坚决不肯回去，因此没有见上最后一面……因为有这些事，岛村心里更加记住了那个名叫"行男"的男人。

驹子总是避而不谈行男的话题。即使不是未婚夫，既然为了赚钱给他养病而出来当艺伎，那当然也是一件"认真的事"吧。

看见岛村被栗子砸到也没有生气，驹子一时感到诧异，但随即就像突然瘫倒似的依偎过来。

"喂，你是个诚实的人。你是不是觉得我很悲哀？"

"树上那些小孩子正看着呢。"

"东京人真是难以捉摸，太复杂了。周围吵吵闹闹的，让你心神涣散？"

"什么都涣散了。"

"迟早连性命都会涣散的。去看看坟墓吧。"

"嗯……"

"你瞧，你压根儿就不想去看什么坟墓嘛。"

"是你自己耿耿于怀而已。"

"我一次也没去上过坟，当然是耿耿于怀了。真的，一次也没去过。现在师傅也一起埋葬在这里，虽然心里觉得对不起她，但事到如今也没法去了。去了反而有点儿虚情假意似的。"

"你比我更复杂呢。"

"为什么？对方活着的时候，没法跟他说清楚，至少可以在他死去之后说清楚吧。"

杉树林里，寂静仿佛化为冰凉的水滴，往下坠落。穿过杉树林，沿着铁路从滑雪场下面走过去，很快就到坟地了。在田埂稍高的一个角落，只立着十来座旧石碑和一尊地藏菩萨石像。坟墓光秃秃的，显得很寒碜。没有鲜花。

这时，地藏菩萨后面那片低矮的树荫里，突然出现了叶子的上半身。她瞬间流露出上次那种像戴着面具似的严肃表情，用燃烧着似的锐利目光朝这边看来。岛村鞠了一躬，然后就在原地站住了。

"叶子，这么早哇！我去梳头师那里——"驹子话没说完，突然有一股黑色的猛风呼地刮过来。她和岛村都把身子缩成一团，仿佛怕被刮跑似的。

一列货运列车从他们旁边驶过。

"姐姐！"轰隆隆的巨响中传来呼喊声。黑色列车的车门处，有个少年挥动着帽子。

"佐一郎，佐一郎！"叶子喊道。

正是她在大雪覆盖的铁路信号站呼喊站长的那个声音。这声音仿佛是向着杳不可闻的船上的人呼喊的，美得有几分悲凉之感。

列车经过后，眼前就像摘下了眼罩，铁路那边的荞麦花显得格外鲜明。红色的茎上开满了花朵，一片宁静。

两人对遇见叶子感到很意外，没有留意到火车驶过来。然而，刚才的一切都被火车刮跑了。

叶子的声音似乎比车轮声留下了更悠长的余音，似乎还传来充满纯洁温情的回声。

叶子目送着火车远去。

"我弟弟在这趟车上，真想去车站看看。"

"可是，火车不会在车站等你的呀。"驹子笑着说。

"是呀。"

"我是不会给行男上坟的。"

叶子点点头，犹疑了一下，就在坟墓前蹲下，双手合十。

驹子则站着不动。

岛村移开视线，看了看地藏菩萨。这石像有三面长脸，除了在胸前合十的双手之外，左右还各有一双手。

"我要梳头去啦。"驹子对叶子说,然后就沿着田埂向村子里走去。

他们经过路边时,看见村民们在制作一种当地叫"稻架"的东西——在两根树干之间,像晾晒竿那样搭起好几层竹竿或木棒,然后把稻子挂在上面晾干,看起来像竖起了一道高高的稻子屏风。

穿着山袴的姑娘扭动腰身,把一捆稻子抛上去。攀爬到高处的男人灵巧地接住,把稻子捋顺分开,挂到晾晒竿上。他们专心地重复着这熟练而麻利的动作。

驹子把稻架上的稻穗托在掌心上掂了几下,似乎在估量一件贵重物品的分量似的。

"这稻穗长得真饱满,摸着就觉得舒服。跟去年大不一样啊。"说着,她眯缝着眼睛,似乎在体会着稻穗的触感。她的头顶上面,成群麻雀在低空中到处乱飞。

路边的墙上有一张很旧的张贴广告,上面写着:"插秧工的薪酬协议。日薪九十钱[1],包伙食。女的按六成算。"

叶子的房屋前也有这种稻架。她家建在街道旁稍凹下去的田地里,院子左边,沿着邻居家白墙种着的一排柿子树上,搭起了高高的稻架。在田地和院子的交界处也有稻架,与柿子树上搭起的稻架形成直角,其中一边开了个入口,可以从晾晒着的稻子底下钻过去。看起来简直就像用稻子替代草席搭建而成的小棚屋。田地里,枯萎了的大丽花与蔷薇的前面,芋头叶子长得十分茂盛。养着红鲤

---

1 日本货币单位,1钱等于0.01日元。

的荷花池在稻架那头，看不见。

驹子去年住过的那间蚕房的窗口也被遮挡住了。

叶子悻悻地低下头，从稻穗下的入口处走进屋里去了。

"这屋里只有她一个人住吗？"岛村看着她那稍向前弯着腰的背影。

"也不是吧。"驹子冷冷地说道，"哎呀，我不去梳头了。都怪你多嘴，打扰了人家上坟。"

"是你太固执，不想在坟前碰到人家吧。"

"你根本不懂我的心思。过会儿有空我就去洗头。也许会晚些，但一定会去的。"

半夜三点钟。

岛村被一阵猛力推开纸拉门的声音惊醒了。驹子突然倒在他的胸口上，喘着粗气，连腹部都在剧烈地起伏着。

"我说过会来，这不就来了嘛。喂，我说过会来，这不就来了嘛。"

"怎么醉成这样？"

"喂，我说过会来，这不就来了嘛。"

"嗯，来了。"

"一路上什么都看不见，看不见。唉，真难受！"

"亏你能爬上那个坡。"

"不管了，我再也不管了。"驹子是猛然后仰倒下来的，岛村被压得难受，想爬起来，但因为他是突然被惊醒的，身体摇晃两下又倒了下去。这时，他感觉到自己的头枕在热乎乎的身体上，不禁大吃一惊。

"烫得像火一样。你这傻瓜。"

"是吗？这可是火枕，会烫伤的哟！"

"还真是。"岛村一闭上眼睛，这股热量就渗透进头脑中，使他产生了一种自己正活着的真切之感。随着驹子那急促的喘息，他又感觉回到了现实中——这种感觉，类似于久违的悔恨，又像是安然等待复仇来临的心境。

"我说过会来，这不就来了嘛。"驹子一个劲地重复着这句话，"既然来过了，这就回去。我去洗头啦。"

她爬起身来，咕嘟咕嘟地喝水。

"你醉成这样，怎么能回去呢？"

"我要回去。我有伴儿呀。洗浴用具在哪里？"

岛村站起来，打开电灯。驹子用双手捂着脸，趴在榻榻米上。

"讨厌。"

她穿着一件镶黑领的华丽的平纹薄毛呢元禄袖[1]睡衣，系着窄腰带，没有露出衬衣领子。她醉得连光着的脚丫都泛了红，蜷缩着身体仿佛要躲藏起来的样子显得颇为可爱。

香皂、梳子散落一地，大概是她把洗浴用具扔了出来。

"帮我剪掉吧，我带了剪刀过来。"

"剪掉什么？"

"这个。"驹子把手伸到头发后面，"在家里就想把发髻丝带

---

[1] 模仿元禄年间（1688—1704）流行的和服的一种款式，袖筒短，袖兜宽大。

剪断,可是手不听使唤,所以就顺路来这里请你帮忙剪一下。"

岛村把她的头发分开,剪断发髻丝带。每剪一处,驹子就把头发抖落。稍微平静下来,她问道:

"现在几点?"

"已经三点了。"

"哎呀,这么晚了?可别剪到头发哟!"

"扎了这么多股呀!"

他抓起一把假发,发根处还暖乎乎的。

"已经三点了吗?我可能是从宴会回来一躺下就睡着了。我跟朋友约好了,所以她们才来叫我的。她们肯定不知道我跑哪儿去了。"

"她们在等你吗?"

"我们去了公共浴池,三个人。本来有六场宴会的,但我只能安排得下四场。下星期是赏红叶的季节,又得忙了。谢谢你。"驹子一边梳理散开的头发,一边抬起头来,光彩照人地抿嘴笑道,"我才不管呢。嘻嘻,真好笑啊!"

接着,她似乎无奈地捡起地上的假发。

"不能让朋友等太久,我得走啦。回来时就不过来了。"

"能看见路吗?"

"能看见。"

可她却踩到自己的和服下摆,踉跄了一下。

驹子今天抽空来了两次,而且都是在很特殊的时间——早上七点和半夜三点。岛村一想到这儿,就觉得非同寻常。

旅馆的掌柜们把枫树枝像门松[1]那样摆设在大门口，以欢迎来观赏红叶的游客。

语气傲慢地指挥别人干活的，是那个以"候鸟"自嘲的临时掌柜。有些人是这样谋生的——从新绿季节到红叶季节期间，在这一带的山村温泉干活；冬天则去热海、长冈等伊豆温泉浴场打工。这位掌柜就是他们中的一员。每年不一定在同一家旅馆干活。他经常炫耀自己在繁华的伊豆温泉浴场打工的经验，却在背地里数落这里如何待客不周。他经常搓着手死乞白赖地招揽客人，流露出一种毫无诚意的乞丐相。"先生，您听说过野木瓜吗？想吃的话，我给您拿来。"他对散步回来的岛村说道，然后就把还带着藤蔓的野木瓜挂到枫树枝上。

枫树枝大概是从山上采伐来的，高得快碰到屋檐了。那鲜红的颜色把大门口装饰得明亮起来，那一片片枫叶也大得惊人。

岛村握了一下冰凉的野木瓜，不经意地朝账房那边望去，只见叶子正坐在炉边。

老板娘守在铜壶旁边烫酒。叶子和她相对而坐。老板娘每说一句话，她就恳切地点点头。她没穿山裤，也没披外褂，而穿着像是刚刚浆洗过的平纹丝绸和服。

"她是来帮忙的？"岛村若无其事地问掌柜。

---

[1] 按日本习俗，新年时会在门口装饰松枝。

"嗯，托您的福，生意太忙了，人手不够。"

"和你一样嘛。"

"嗯。不过，作为一个村里的姑娘，她可有点儿与众不同哩。"

叶子大概是在厨房里干活儿，从没见她来过客厅。客人很多时，厨房里的女佣们的说话声也会大起来，却没有听到叶子那悦耳的声音。负责打扫岛村房间的女佣说，叶子睡觉前有在浴池里唱歌的习惯，但岛村也从没听见过。

然而，一想到叶子在这家旅馆里，不知为什么，岛村要叫驹子过来时就觉得有所顾忌了。尽管他知道驹子的心在他这里，但他自己有一种虚无感，觉得她的爱只不过是一种美丽的徒劳。但这样反而能更真切地接触到驹子那努力活着的生命，就像触摸到赤裸的肌肤一样。他怜悯驹子，同时也怜悯自己。他觉得叶子的清纯目光似乎能一下看透这种状况。他也被这个女人吸引住了。

尽管岛村没有开口，驹子也还是会经常过来的。

他去溪流尽头处观赏红叶时，曾从驹子的家门前经过。那时，她一听见车声就断定是岛村，立刻冲出门来看，可岛村却连头也没回，简直就是个薄情郎。尽管驹子这样骂他，但只要被叫去旅馆陪客时，每次都会顺便来岛村的房间。每次去泡温泉时她也会顺路过来。要去陪酒的时候，她则提早一个小时来，在他那里待到女佣来叫她。她还常常从宴席上溜出来，跑到梳妆台前补妆。

"我现在得去干活儿啦。我可是很敬业的。嘿，做买卖，做买卖嘛。"说完她就起身走了。

她总是喜欢把带来的拨子盒、和服外褂之类的东西搁在他房间里就走。

"昨晚回到家里,发现没有开水。在厨房里丁零当啷地鼓捣了一会儿,把早餐吃剩的酱汤浇到饭上面,就着梅干吃。太凉了。今早没人叫我起床,醒来一看,已经十点半了。本来想七点起床就过来的,结果却没来成。"

除此之外,她还会向他一五一十地汇报从哪家旅馆转到哪家旅馆,以及陪酒时的各种情形。

"我过会儿再来。"她喝了些水,边站起来边说,"可能不来了。三个人要陪三十人的宴席,太忙了,走不开的。"

可是没过多久,她又来了。

"真累。三十个客人,只有三个人陪。另外两人,一个是年纪最大的,一个是年纪最小的,我可就受累啦!那些客人太小气了,肯定是什么旅行团的。三十人的宴席嘛,至少要有六个人陪才行。我现在过去喝几杯吓唬吓唬他们。"

每天如是,会变成什么样子呢?驹子似乎想把自己的身心掩藏起来。不过,这种孤独之情趣,反而为她平添了几分妩媚的风情。

"经过走廊时会发出声响,真难为情。就算放轻脚步也会听到。从厨房旁边走过时,人家就取笑我说:'驹子你又去山茶间啦?'真想不到我竟然会顾虑这些。"

"地方小,人言可畏呀!"

"大家都已经知道了。"

"这可不好。"

"是呀。在这种小地方，一有点儿风言风语可就完了。"说着，她又抬起头，微笑着说，"其实不要紧的，我们无论去哪里都可以谋生。"

这种充满朴实感的语气，令坐享父母财产而悠闲度日的岛村感到十分意外。

"真的，在哪里干活都一样。没必要为这事发愁。"

从她那若无其事的语气中，岛村听出了她的心声。

"这样就行了。因为，只有女人才能真心实意地去喜欢一个人。"驹子有点儿脸红地低下头。

她的后领敞开着，从背部到肩膀仿佛张开了一把白色的扇子。她那涂着浓妆白粉的肉体，似乎有点儿悲凉地鼓起来，看起来像毛织品，又像是什么动物的毛皮。

"如今这世道是这样的。"岛村小声嘀咕着，随即又为这句假惺惺的话而暗自吃惊。

然而，驹子却单纯地说："什么时候都一样。"接着，她抬起头，心不在焉地补了一句，"你连这也不知道吗？"

她那紧贴着背部的红色衬衣被遮住了。

岛村正在翻译瓦雷里[1]、阿兰[2]，以及俄国舞蹈盛行时期[3]法国文人所写的舞蹈论，打算自费出版一本印数很少的精装书。这种书对当下的日本舞蹈界毫无裨益，但这一点反而使他感到安心——这么

---

1 保尔·瓦雷里（1871—1945），法国象征派诗人、评论家。
2 阿兰（1868—1951），法国思想家、文学家。
3 日本大正时代（1912—1926），俄国芭蕾舞在欧洲风靡一时。

说也未尝不可。通过自己的工作来嘲笑自己,可谓是一种任性的乐趣吧。说不定可以由此构建起他那忧伤的梦幻世界。完全没必要急于出去旅行。

他仔细地观察着昆虫痛苦死去的模样。

随着秋天渐凉,他房间里的榻榻米上每天都有虫子死去。翅膀较硬的虫子,一翻转身就没法再爬起来。蜂虫则是走几步,摔倒,再走几步,再倒下。虽说它们的死就像季节变换一样自然,一样平静,可凑近一看,却发现它们其实是抖动着腿脚或触须做过一番挣扎的。作为小虫子的死亡之地,房间里这八张榻榻米看起来未免太辽阔了。

岛村用手指捡起虫子尸骸准备扔掉时,偶尔也会想起留在家里的孩子们。

有的飞蛾,看似一直趴在铁纱上,后来才发现已经死掉了,像枯叶一样飘落下来,也有的从墙壁上掉落下来。岛村把它们拿在手上看,心想:为什么会长得这么美丽呢?

防虫的铁纱已经拆下来。虫声明显地变得稀疏了。

两县交界处的群山,红锈色越来越深,在夕阳照射下,像冰冷的矿石一样微微泛着暗淡的光。此时,旅馆里住满了前来观赏红叶的游客。

"今晚可能来不成了,因为是本地人的宴会。"当晚,驹子来到岛村的房间告诉他,随即又走了。不一会儿,大厅里响起了鼓声,还不时传来女人的尖叫声。在一片喧闹中,突然,他出乎意料地听到近旁传来一个清澈的声音。

"对不起，请问有人在吗？"叶子说道，"驹子姐让我送这个过来。"

叶子站在那儿，像邮差送信似的伸出手来，随即又连忙跪坐下去。岛村打开这张折叠着的纸条时，叶子已经走了。岛村还没来得及说点儿什么。

白纸上只是写着几个醉态盎然的字："现在闹得正欢。我在喝酒。"

但没过十分钟，驹子就踩着凌乱的脚步走了进来。

"刚才那姑娘送什么过来没有？"

"送来了。"

"是吗？"她快活地眯缝着一只眼睛，"嘿，真痛快。我借口说出去叫几瓶酒，偷偷溜出来。结果被掌柜发现，挨了一顿骂。喝酒真好，哪怕挨骂，我也不再担心脚步声被人听到。哎呀，真讨厌，一来到这里就醉了。我现在得去干活啦。"

"你连指尖都很红润呢。"

"嘿，我得去做买卖喽。那姑娘说了什么？你知道有人妒忌心强得可怕吗？"

"谁？"

"妒忌心会杀死人的。"

"那位姑娘也在帮忙吗？"

"她端来酒壶，站在走廊暗处，目不转睛地看着，眼睛闪闪发光。你喜欢那种眼睛，对吧？"

"她是觉得那场面太下贱，才盯着看的吧。"

"所以我写了张字条让她送来。我想喝水,请给我一点儿水。女人呀,在你追到手之前,又怎么知道谁更下贱呢?我醉了吗?"驹子像要倒下似的抓住梳妆台的两边,注视着镜子,然后挺直身子,整理好和服下摆就出去了。

过了不久,宴席似乎散了,外面突然安静下来,从远处传来了杯盏之声。岛村心想:驹子大概是被客人带到别的旅馆,继续喝第二场去了吧?这时,叶子又送来了驹子的折叠纸条。

上面写着:"山风馆完事了。现在去梅花间。回来时顺便来看你。晚安。"

岛村有点儿难为情地苦笑着说:"谢谢。你也来帮忙吗?"

"嗯。"叶子在点头的瞬间,用她那锐利而美丽的眼睛瞥了岛村一眼。岛村觉得有点儿慌张。

之前也见过几次面,这位姑娘每次都给岛村留下很深的印象。可当她这样闲坐在面前时,反而让岛村感到莫名不安。她那过于严肃的样子,看起来似乎总是处于异常事态之中。

"你好像很忙吧?"

"嗯。可我什么也不会。"

"我见过你好几次了。第一次是在你陪护那个人回来的火车上,你还拜托站长照顾你弟弟。你还记得吗?"

"嗯。"

"听说你睡觉前会在浴池里唱歌?"

"哎呀,失礼了。真丢人。"她的声音美得令人吃惊。

"关于你的情况,我觉得自己好像全都了解呢。"

"是吗？你是听驹子姐说的吧？"

"她不肯说。她甚至不太愿意谈起你的事。"

"是吗？"叶子悄悄地把脸转向一边，"驹子姐人很好，但就是太可怜了，请你好好对待她。"

她语速飞快地说道，尾音微微颤抖。

"可我什么也给不了她呀。"

叶子似乎连身体也开始颤抖了。岛村感觉到危险的目光逼迫而来，于是就把视线从她脸上移开，笑着说道：

"也许我还是早点儿回东京为好吧。"

"我也要去东京呢。"

"什么时候？"

"什么时候都行。"

"那我回去时带上你一起走吧。"

"嗯，请带上我一起去吧。"她若无其事地说着，语气却很认真，岛村不免有些惊讶。

"只要你家里人同意的话。"

"家里人嘛，只有一个在铁路上干活儿的弟弟，我自己决定就行。"

"东京有什么可以投靠的人吗？"

"没有。"

"你跟她商量过了吗？"

"你是说驹子姐？我恨她，我不告诉她。"

叶子说出这句话之后，也许是心情放松下来了，用稍有点儿湿润的眼睛仰视着岛村。岛村感到她有一股奇妙的魅力,可不知为何,这样反而燃起了对驹子炽热的爱情。他觉得,和一个身世不明的姑娘像私奔一样离开,仿佛是一种对驹子的激烈的道歉方式,也仿佛是对自己的一种惩罚。

"你跟一个男人走,不害怕吗?"

"为什么害怕?"

"你在东京没有落脚的地方,又没想好要做什么,那不是很危险吗?"

"一个女人,总会有办法的。"叶子说话时上扬的尾音很好听,她盯着岛村说,"你可以雇我当女佣吗?"

"啊?当女佣?"

"我不想当女佣。"

"之前你在东京做什么呢?"

"护士。"

"是在医院或学校里?"

"不是,我只是想当护士而已。"

岛村又想起叶子在火车上照顾师傅儿子的情形——那种认真的态度也表露出她想当护士的愿望。想到这里,岛村不禁微笑。

"那你这次也是想去学习当护士的吧?"

"我已经不想当护士了。"

"这么漂浮不定可不行呀!"

"唉,管他什么漂不漂浮呢。"叶子条件反射似的笑起来。

这笑声也是清澈得有几分悲凉之感,所以听起来并没让人觉得傻里傻气的。然而，它只是徒然敲响了岛村的心灵外壳，随即又消失了。

"有什么好笑的吗？"

"我只照顾过一个病人。"

"什么？"

"我再也做不到了。"

"是吗？"岛村再次为她的话感到意外，他平静地说，"听说你每天都去荞麦地那里上坟。"

"嗯。"

"你觉得自己这一辈子不会再照顾其他病人，不会再给别人上坟了吗？"

"不会啦。"

"那你又舍得离开那座坟墓到东京去？"

"唉，对不起，请你带我走吧。"

"驹子说呀，你的妒忌心强得可怕！那个人不是驹子的未婚夫吗？"

"你是说行男？假的，假的。"

"那你为什么恨驹子？"

"驹子姐？"叶子好像称呼站在面前的人似的，她目光闪闪地盯着岛村，"请你好好对待驹子姐。"

"可我什么也给不了她呀。"

叶子的眼角涌起了泪水。她抓起一只落在榻榻米上的小飞蛾，抽泣着说："驹子姐说我快要发疯了。"说完，她忽然走出了房间。

岛村感觉到全身发冷。

他想扔掉被叶子捏死的那只飞蛾，打开窗时，却看见醉醺醺的驹子正半弯着腰，追着客人划拳。天空阴沉沉的。岛村去室内温泉泡澡。

隔壁的女浴池里，叶子带着旅馆的小孩走进来。

叶子帮那小孩脱衣洗澡。她说话的语气特别亲切，声音像年轻母亲的那样甜美动听。

接着，她又用这声音唱起歌来。

…………
　　走出后院看一看，
　　梨树有三棵，
　　杉树有三棵，
　　一共有六棵。
　　乌鸦在下面做窝，
　　麻雀在上面做窝。
　　树林里的蟋蟀，
　　啾啾鸣叫呀。
　　阿杉来给朋友上坟，
　　一个，一个，又一个。

叶子唱《拍球歌》时稚气十足、语速飞快、欢快活泼的语调，使岛村觉得刚才那个叶子恍如梦中。

叶子不停地和孩子说话。出了浴池后，那声音仍然像笛声一样回荡在那里。大门口那乌黑发亮的旧地板上，靠边放着一个桐木的三味线琴盒，更平添了几分秋天深夜的寂静感。岛村不由得被吸引了，念着琴盒主人的艺伎名字。这时，驹子从发出清洗餐具声响的那边走了过来。

"你在看什么？"

"这个人在这里过夜吗？"

"谁？噢，这个？你这傻瓜，这种东西没法随身携带着走来走去的呀。有时一放在这里就是好几天哩。"她笑了一下，随即又喘着粗气，闭上眼睛，手放下提着的和服下摆，摇摇晃晃地靠在岛村身上。

"喂，送我回去。"

"不用回去了吧。"

"不行，不行，我得回去。这是本地人举行的宴会，大家都跟着去喝第二场了。只有我留下来。要是这边有宴席倒也罢了，不然朋友们回头邀我去泡澡，发现我不在家就糟了。"

虽然醉得厉害，但驹子还是大步流星地走下陡坡。

"你把那姑娘惹哭了？"

"话说回来，她好像确实有点儿疯。"

"你这样说别人，有意思吗？"

"不是你说她快要发疯的吗？她是想起你这话，觉得气恼才哭起来的吧。"

"那就好。"

"可是没过十分钟,她就在浴池里用好听的嗓音唱起歌来呢。"

"她有在浴池里唱歌的习惯。"

"她认真地央求我,要我好好对待你。"

"傻瓜。不过,这种事你又何必向我吹嘘呢?"

"吹嘘?不知道为什么,每次一提到这个姑娘,你就会变得特别固执。"

"你想要这个姑娘吗?"

"开什么玩笑?"

"我没开玩笑。一看见这个姑娘,我总觉得她将来会成为我的沉重包袱。不知为什么会这样。你也一样,你就当作自己喜欢她,好好关注一下她,到时肯定也会这么想的。"驹子把手搭在岛村的肩膀上,依偎过来。但她突然又摇头说道:

"不对。她如果落入你手中,说不定就不会发疯了。你能帮我拿走这个包袱吗?"

"说够了没有?"

"你以为我喝多了在说胡话?她在你的身边被你疼爱,我则在这个山村里堕落下去,乐得清静。"

"喂!"

"别管我!"驹子小跑着逃开,咚的一声撞在挡雨板上。那里是驹子的家。

"他们以为你不回来了。"

"不,门开着。"

驹子抬起那嘎吱作响的门脚把门拉开，小声说道：

"顺便进去坐坐吧。"

"这么晚了……"

"屋里的人都睡着了。"

岛村还是有点儿犹豫。

"那我送你回去吧。"

"不用。"

"不行，你不是还没看过我现在的房间吗？"

从侧门进去，就看见这家人横七竖八地躺着。他们并排盖着几条褪了色的、硬邦邦的棉被，棉被的布料跟这一带人常穿的山袴一样。主人夫妻俩和五六个孩子——其中最大的是个十七八岁的姑娘——在昏黄的灯光下，各朝各的方向睡着。这幅情景，在清贫之中也蕴含着一种强劲的力量。

岛村仿佛被他们那温暖的鼻息推了回来，正要走向门外时，驹子却砰的一声把后门关上，踩着木地板走过去，并不顾忌脚步声是否会吵醒他们。岛村只好也从孩子们的枕边悄悄地走过去。他的心里涌起一股莫名的快感，胸口微微发颤。

"你在这儿等等，我打开二楼的灯。"

"不用。"岛村从漆黑的楼梯爬上去。回头一看，那一张张纯朴的睡颜的那头，是粗点心铺的店面。

二楼铺着颇有农家特色的旧榻榻米，有四间房。

"我一个人住，宽敞倒是很宽敞。"驹子说道。但隔扇全都敞开着，那边房间里堆满了陈旧的用具，被煤烟熏黑的纸拉门里面，铺着驹子的一床小铺盖，墙上挂着宴会礼服，看起来倒像个狐狸窝。

驹子轻轻地坐到铺盖上，把唯一的坐垫让给岛村。

"哎哟，脸真红。"她看着镜子，"真的醉成这样？"

接着，她在衣橱上面边找边说：

"你看，日记。"

"这么多啊！"

她又从旁边拿出一个彩色印花小纸盒，里面装满了各种香烟。

"客人送给我，我就放进袖兜或夹在腰带里带回来。别看皱巴巴的，一点儿也不脏。各种牌子倒是差不多都齐了。"她一只手支在岛村面前，另一只手在盒子里翻动着，拿香烟给岛村看。

"哎呀，没有火柴。因为我戒烟了，用不着。"

"没事。你在做针线活儿？"

"嗯。最近来观赏红叶的客人太多了，没时间做。"驹子转过身，把衣橱前面的针线盒放到一边去。

别致的直木纹衣橱、名贵的朱漆针线盒——大概是驹子在东京生活的残留之物吧，在师傅家那间旧纸盒似的阁楼里就曾见过，但此时摆在这寒碜的二楼上，就显得格外凄凉。

电灯上有根细绳垂到枕边。

"看完书要睡觉的时候，就拉这根绳子关灯。"驹子一边摆弄着那根绳子，一边像个家庭主妇似的温顺地坐下，似乎有些腼腆。

"简直就跟狐狸嫁女一样嘛。"

"确实。"

"你要在这个房间里待四年?"

"已经过了半年啦。很快的。"

楼下似乎传来睡觉时的鼻息声。岛村又找不到什么话茬儿,很快就起身告辞。

驹子一边关门,一边把头探出去仰望夜空。

"快下雪了,红叶的季节也快过去了。"说着,她又走到门外,"这一带是山村,所以红叶季节也会下雪。"[1]

"我回去了。晚安。"

"我送你,送到旅馆门口吧。"

然而,她又和岛村一起进了旅馆,说了句"晚安",然后就不知跑到哪里去了。过了一会儿,她斟了满满的两杯冷酒,走进岛村的房间里,兴奋地说道:

"来,喝吧,快喝呀!"

"旅馆的人都睡着了,你从哪里弄来的?"

"嗯,我知道放在哪里。"

看样子,驹子从酒桶里倒酒时已经喝过了,刚才的醉态又显露出来了。她眯缝着眼睛,看着酒从杯口洒出来。

"不过,摸黑喝,可没什么味道。"

岛村把驹子递过来的冷酒一饮而尽。

这么一点儿酒,按说是喝不醉的。但可能是刚才在外面走路时身体受凉的缘故,岛村突然觉着胸闷,酒劲儿上了头。他似

---

[1] 这是净琉璃戏剧中的一句台词。

乎感觉到自己的脸色变得苍白，于是就闭着眼睛躺下。驹子连忙在旁照料他。不一会儿，女人热乎乎的身体使他像小孩一样安下心来。

驹子似乎有些难为情，她那动作，就像一个没生过孩子的姑娘抱着别人家的孩子。她抬起头，像看着孩子睡觉似的看着岛村。

过了一会儿，岛村冒出一句：

"你是个好姑娘。"

"为什么？哪里好呢？"

"是个好姑娘哪！"

"是吗？真讨厌。你在说什么呀？快清醒清醒。"驹子一边断断续续地说着，一边把脸转过去，轻轻摇晃着他，然后就没再说话了。

过了片刻，她又独自抿嘴笑了。

"这样不好。我心里难受，你还是回去吧。我已经没有衣服穿了。每次来你这里，我都想换一件宴会礼服。但现在全部衣服都穿过了，身上这件还是向朋友借的呢。我是个坏姑娘，对吧？"

岛村无言以对。

"这样的姑娘，哪里好呢？"驹子的声音有些哽咽，"第一次认识你的时候，我觉得你这个人真讨厌。没人会像你一样说那种失礼的话。当时我真的觉得你很讨厌。"

岛村点了点头。

"唉，这话我一直没对你说。你明白吗？让一个女人说出这种话来，那不就完了吗？"

"没事的。"

"是吗？"驹子沉默了很久，仿佛在回顾自己的过往。一个女人鲜活的感觉暖烘烘地传到了岛村身上。

"你是个好女人。"

"怎么个好法？"

"是个好女人呀！"

"你这人真怪。"驹子有点儿害羞似的转过脸去。不知想到什么，她突然支起一只胳膊，抬头问道："这是什么意思？喂，是什么意思？"

岛村惊讶地看着驹子。

"你说，你是因为这个才跑来找我的吗？你是在笑话我吧？你果然是在笑话我呀？"

驹子满脸通红地瞪着岛村。不停地追问时，她的肩膀因为愤怒而开始发抖，脸色一下变得苍白，眼泪簌簌地直往下掉。

"真气人，哼，真气人！"驹子从被窝里翻滚出来，背对岛村坐着。

岛村猜想驹子准是误会了，心里不由大吃一惊，但却只是闭上眼睛，沉默不语。

"真悲哀呀！"

驹子喃喃自语着，把身体蜷缩成一团，趴在地上。

也许是哭累了吧，她接着又用银簪子扑哧扑哧地在榻榻米上扎了好一会儿，随即突然走出了房间。

岛村没法追赶出去。被驹子这么一说，他也觉得十分内疚。

但没过多久,驹子又蹑手蹑脚走回来,在纸拉门外尖声叫道:"喂,要不要去泡个澡?"

"嗯。"

"对不起。我想通了。"

她就那样站在走廊外,没有要进来的意思。于是,岛村就拿起毛巾走了出去。驹子避开他的目光,稍微低下头走在前面。这副样子,活像被人揭发罪行后给拉走似的。不过,当她在浴池里把身子暖起来之后,她又开始令人心疼地闹腾起来,简直没法睡了。

次日早晨,岛村被一阵谣曲[1]吵醒了。

他静静地听了一会儿。这时,驹子在梳妆台前回过头,微微一笑。

"是梅花间的客人在唱。昨晚宴会散后,他们不是把我叫去了吗?"

"是谣曲会的旅行团吧?"

"嗯。"

"下雪了吧?"

"嗯。"驹子站起身来,唰地打开拉窗让他看。

"红叶季节也快过去了。"

从窗口划出来的灰色天空,大片雪花纷纷扬扬地向这边飘洒而来。不知为什么,此刻寂静得让人难以置信。睡眠不足的岛村茫然地向外眺望。

---

[1] 日本古典戏剧能乐的唱词。

那些唱谣曲的人还敲起鼓来。

岛村想起了去年底那面映着清晨积雪的镜子，就往梳妆台那边望去。镜子里，冰冷的大片雪花仍然飘洒着，在敞开衣领擦拭脖颈的驹子周围形成了一条白线。

驹子的肌肤像刚洗过一样洁净，怎么也想象不到她是这样一个女人——竟然因为岛村的一句无心之语而产生了如此误解。不过，这样反而显现出了一种无法抗拒的悲哀。

远处那些枫叶的红锈色已日渐暗淡的群山，因为这场初雪而重新焕发了生机。

薄薄地披上一层白雪的杉树林里，每一棵杉树都分外鲜明，耸立在雪地上，凌厉地指向天空。

在雪中绩麻，在雪中织布，在雪水里漂洗，在雪地上晾晒，从纺纱到织布的全过程，都在雪中进行。古人曾在书上记载道："可谓是，有雪方有绉纱，雪乃绉纱之父也。"

在冰封雪冻的漫长日子里，村里的女人们会做一种手工活儿——雪国的麻质绉纱。岛村也在估衣铺里找到这种布料，用来做了夏装。因为舞蹈方面的关系，他认识一家经营能乐服装旧货的店铺，还拜托过他们："如果有质地好的绉纱，请随时拿给我看。"他很喜欢这种绉纱，还用来做过单层衬衣。

据说从前是这样的，当撤下厚厚的防雪帘，冰雪融化的春天到来时，绉纱集市就开始了。三都[1]的布匹批发商远道而来采购绉纱，甚至还安排了常住的旅馆。姑娘们花半年时间精心织成的绉纱，也是为了这个年初集市。远近村庄的男男女女都聚集而来，到处摆满了杂耍场和杂货摊，就像过节一样热闹。绉纱上贴着写有纺纱姑娘的姓名和地址的纸牌，根据其做工好坏评定等级。这甚至会成为人们挑选媳妇的参考条件。只有从小开始学纺织，并且年纪在十五六岁至二十四五岁之间的年轻姑娘，才能织出质量上好的绉纱。一旦上了岁数，织出来的纱面就会缺少光泽。为了成为屈指可数的纺纱女工，姑娘们都努力磨炼技艺。而且，从农历十月开始绩麻，到翌年二月中旬晾晒完成——在这段冰封雪冻的日子里，没有其他活儿可干，所以手工制作特别精细，完成品里还凝聚着特殊的情怀。

岛村所穿的绉纱衣物中，说不定还有江户末期到明治初期的姑娘织的绉纱呢。

岛村至今还会把自己的绉纱衣物送去"雪晒"[2]。每年要把不知谁曾经穿过的估衣送回产地去晾晒，虽然有点儿麻烦，但岛村一想到从前那些姑娘在冰封雪冻时倾注的心血，还是愿意送回到她们那里，用地道的方法进行晾晒。白麻布晾晒在厚厚的积雪上，朝阳照下来，把白雪和白麻布都染成了红色。光是想象一下这个情景，就觉得夏日的污垢会被清除干净，自己的身心也仿佛感到接受洗礼似的惬意。不过，这业务是东京的估衣铺代为办理的，至于古老的晾晒法是否流传至今，岛村就不得而知了。

---

1 指东京、大阪、京都。
2 在雪国地区，把麻布等放在积雪上晾晒。

晾晒铺自古以来就有。纺纱姑娘很少在各自家中晾晒，大多是拿到晾晒铺去的。白色绉纱织成后，直接在积雪上摊开晾晒；有色绉纱则是在纺成纱线后，挂在拐子[1]上晾晒。因为晾晒时间是农历一月至二月，所以有时也会把覆盖着积雪的水田和旱田作为晾晒场。

无论是布还是纱线，都要在灰水[2]里浸泡一整夜，次日早晨再用水清洗几遍，然后拧干晾晒。这道工序要重复好几天。当白色绉纱终于快晒好的时候，朝阳升起，把一切照得红彤彤的，这一景色美得无法形容，"甚至想向南国的人们炫耀"——古人曾经也这样记载过。另外，绉纱晾晒完成，也预示着雪国的春天即将到来。

绉纱产地离这个温泉浴场很近。它就在山峡渐变开阔的河流下游的原野上，从岛村的房间也能望见。从前有绉纱集市的村镇，如今都建有火车站，成为远近闻名的纺织工业区。

无论是穿绉纱的盛夏，还是织绉纱的寒冬，岛村都没来过这个温泉村，所以没有机会和驹子谈起绉纱的话题。

然而，当他听到叶子在浴池里唱歌时，忽然冒出一个念头：这姑娘如果生在从前，也许会守在纺纱车或织布机旁，像这样唱着歌吧。叶子的歌声里确实洋溢着这样的风情。

据说，如若没有天然的雪的湿气，比毛发更细的麻纱就会很难加工，所以阴冷的季节最适合它。从前有这样一种说法：寒冬织出来的麻纱，在盛夏时穿上会感觉肌肤清凉，这符合阴阳自然之理。

---

1 用来缠绕纱线的"工"字形道具。
2 将植物焚烧成灰后浸水过滤而得到的澄清液体，呈碱性，自古用于洗濯、染色等。

一直缠着岛村的驹子，似乎也有一种本性上的清凉感。因此，在岛村看来，驹子身上蕴含着的热情越发令人怜悯。

然而，这种爱意并不像一件绉纱衣那样能留下切实的痕迹。尽管衣服布料在工艺品中算是寿命最短的，但只要保管得好，五十年以上的绉纱仍未褪色，照样能穿。而人的相互依恋之情，却没有绉纱的寿命长。岛村茫然想着，头脑中突然浮现出驹子为别的男人生了孩子，当上母亲的形象……他不由吃了一惊，环顾四周。他觉得大概是自己太累了吧。

岛村这次在外逗留的时间很长，似乎忘记了要回到家中妻子的身边。这倒不是因为他离不开驹子，也并非因为不想分开，而只是已经习惯了等待驹子经常过来相会。而且，驹子越是苦苦纠缠，岛村的自责就越发强烈，甚至觉得自己好像一具行尸走肉。这就是说，他只是一动不动地站在原地，注视着自己的寂寞。驹子为什么会陷入对自己的爱恋之中呢，岛村觉得无法理解。岛村已经洞悉驹子的一切，而驹子却似乎对他毫不了解。驹子撞到空虚的墙壁发出的回声，在岛村听来，就像雪花飘落堆积在自己心底的声音。岛村的这份任性，当然不可能永远这样持续下去。

岛村感觉到，这次回去，短时间内是不可能再来这个温泉村了。雪季将至，他坐在火盆旁边，听着柔和的水沸声。水沸声来自旅馆老板特地为他拿出的京都出产的旧铁壶，铁壶上精巧地镶嵌着银丝花鸟。水沸声有两重，相叠在一起，听起来一近一远。远处水沸声再稍过去一些的地方，似乎不断出现轻微的小铃铛声响。

岛村把耳朵贴近铁壶，听着那铃铛声响。这时，小铃铛不断响起的远处，驹子迈着与铃铛声响相似的细碎步子走了过来。她那双小脚忽然映入岛村的眼帘。岛村吃了一惊，心中打定主意：不得不离开这里了。

于是，岛村想起要到绉纱产地去看看。其实，他也是打算找个契机离开温泉村。

可是，河流下游有好几个镇子，岛村不知道要去哪个好。他并不是想去看那些发展成纺织工业区的大城镇，所以索性在一个冷清的小站下了车。走了一会儿，他来到一片像是旧时宿驿区的街道。

家家户户的屋檐长长地向外伸出，支撑其一端的柱子并排立在路上。这檐下通道有点儿类似于江户城的"店下"，在此地则自古以来称为"雁木"，路上积雪太厚时就成为来往的通道。通道一侧，房屋鳞次栉比，屋檐一直延伸下去。

因为与邻家屋檐连接在一起，所以屋顶上的雪只能丢到马路中间，没有其他地方可扔。事实上，他们是从大屋顶上把雪高高抛起，扔到马路中间的雪堤上。要走到马路对面，得在雪堤各处挖通隧道。当地人把这称为"胎内涵洞"。

虽然同样是在雪国，但驹子所在温泉村的屋檐并不相连，所以岛村来到这里才头一回看到这种"雁木"。岛村觉得新奇，特意在里面走了一下。旧屋檐下面很昏暗。有些倾斜的柱子底下已经腐朽。他感觉自己仿佛正窥视着这些世世代代被大雪覆盖的阴郁房屋的内部。

在大雪底下专心做手工活儿的纺纱姑娘们，她们的生活可不像织出来的绉纱那样爽朗明快——这个古镇足以让人产生这样的印象。记载绉纱的古书里，还引用了唐代秦韬玉的诗。据说，没有哪户人家会另外雇用纺织女工,这是因为织绉纱很费功夫,成本不合算。

这些默默无闻地辛苦劳作的工人早已长逝,只留下了美丽的绉纱。夏天穿上感觉很凉快,所以绉纱衣成了岛村他们的奢华衣物。这事并不费解,岛村却突然感到疑惑:专心投入爱意的行为,莫非总会在某时某处鞭挞人吗?岛村从"雁木"底下钻出来,走到马路上。

这条街道又直又长,颇有旧时宿驿区的风貌。这大概是与温泉村相通的旧街道吧。木板葺的屋顶上铺着横木条和石块,与温泉村也没什么两样。

屋檐柱子投下了淡淡的影子。不知不觉已近黄昏。

岛村觉得没什么可看的,于是又乘火车,在下一个镇子下车看看。结果发现和刚才那地方差不多。岛村也只是随处闲逛一下,然后吃了碗面条暖暖身子。

面馆在河岸上。这条河大概也是从温泉村流过来的吧。可以看到三三两两的尼姑先后走过桥去。她们穿着草鞋,其中有人背着圆顶草帽,似乎是刚化缘回来,感觉像小鸟匆匆归巢似的。

"有不少尼姑从这里经过吧?"岛村问面馆里的女人。

"嗯。这山里有尼姑庵。到时一下雪,从山里出来的路就很难走了。"

桥对面那边暮色渐沉的山峦已经发白。

在这北国,每当树叶飘落、寒风乍起时,一连几日都阴沉沉、冷飕飕的——那就是快要下雪了。远近高山开始发白,这叫作"山岳巡回"[1]。另外，近海处可以听见海发出声响，深山中可以听到山发出声响，仿佛是远处的雷声，这叫作"山海鸣动"。看到"山岳巡回"，听见"山海鸣动"，就知道大雪将至——岛村想起古书上有过这样的记载。

　　岛村早上赖在被窝里听那些赏枫游客唱谣曲的那天，下了第一场雪。不知今年是否已经"山海鸣动"过了。岛村独自出门旅行，在温泉旅馆时常与驹子相会，听觉逐渐变得敏锐起来。也许是这个缘故，只要一想到"山海鸣动"，他耳边就仿佛回荡着这种遥远的声响。

　　"尼姑们接下来就要深居过冬了。她们有多少人呢？"

　　"嗯，有很多人吧。"

　　"这么多尼姑聚在一起，在冰封雪冻中过几个月，不知道都在做些什么呢？既然从前这一带织绉纱，那她们不如也在尼姑庵里织绉纱算了。"

　　听了少见多怪的岛村的这番话，面馆的女人只是微微一笑。

　　岛村在车站等回程火车，等了将近两个小时。光线微弱的夕阳落下去后，寒气逐渐生起，把星星研磨得寒光闪闪。

　　漫无目的地跑了一趟之后，岛村又回到温泉村。车子驶过那个熟悉的铁道口，来到神社旁的杉树林边时，一间透出光亮的房子映入眼帘。岛村松了一口气。这是"菊村"小饭馆。三四个艺伎站在门口聊天。

---

[1] 下雪是从山上开始，然后再"巡回"至山下，故有"山岳巡回"之称。

岛村心想：不知驹子在不在。这时驹子就出现了。

车子突然放慢了速度。大概是司机了解岛村和驹子之间的关系，所以才慢慢行驶着。

岛村不经意地回过头，望着与驹子相反的方向。岛村乘坐的那辆车子的车辙，清晰地留在雪地上。在星光下，可以看到车辙出乎意料地拖到很远处。

车子来到驹子跟前。驹子闭了一下眼睛，随即突然跳到车上。车子没有停下，慢慢地开上了坡道。驹子弯腰站在车门外的踏板上，抓住车门把手。

尽管驹子跳上车并贴着车门的动作是如此迅猛，岛村却觉得仿佛被一种温暖的东西轻轻依偎着，而并没感到她的举动有什么不自然或危险。

驹子像抱着车窗似的举起一只胳膊。袖口滑落下来，里面那长衬衣的颜色透过厚厚的车窗玻璃，沁入岛村冻得发麻的眼睑。

驹子把额头紧贴在车窗玻璃上，尖声说道：

"你去哪里了？喂，你去哪里了？"

"太危险了！胡闹！"岛村也高声回答，却是一种温和的戏谑。

驹子打开车门，侧身倒了进来。这时车子已经停住，来到山脚下了。

"喂，你去哪里了呀？"

"嗯……"

"哪里？"

"也没去哪里。"

驹子理了理和服下摆。这颇有艺伎风范的手势让岛村感到新奇。

司机坐着没动。车子已经在道路尽头停下来。岛村意识到,这样一直赖在车上也太滑稽了。

"下车吧。"驹子伸出手,搭在岛村那只放在膝盖的手上,"哎呀,这么冰凉。你为什么不带我去呢?"

"对呀……"

"什么意思嘛,你这人真怪。"

驹子开心地笑着,爬上了陡峭的石阶小路。

"我看见你出门了。大概是两三个小时之前,对吧?"

"嗯。"

"我听见车声就出来看。我走到外面来看了哟。可你连头也没回,对吧?"

"啊?"

"你连头也没回。为什么不回头看看呢?"

岛村十分惊讶。

"你不知道我在目送你走远吗?"

"不知道。"

"瞧你。"驹子仍然开心地微笑着,把肩膀靠了过来。

"为什么不带我去?还冻成这样回来。真讨厌!"

这时,火警钟声突然响了起来。

两人回头望去。

"着火啦,着火啦!"

"着火啦！"

火焰从下面村子中央直蹿上来。

驹子喊了两三句什么话，一把抓住岛村的手。

滚滚上升的黑色浓烟里，火焰时隐时现。火势向旁边蔓延，火舌似乎在屋檐下舔来舔去。

"那是哪里？你原来住过的师傅家的房子，离那里很近吧？"

"不是。"

"那是哪里呢？"

"再往上些，靠近车站那边。"

火焰穿过屋顶，直往上蹿。

"哎呀，是蚕茧仓库呀，是蚕茧仓库呀！哎呀，哎呀，蚕茧仓库着火了！"驹子把脸颊贴在岛村的肩上，接连说道，"是蚕茧仓库，是蚕茧仓库呀！"

火势越来越大。但在广阔的星空下，从高处望下去，大火却宛如玩具燃烧一般寂静。然而，他们却能感受到一种仿佛听到可怕的火焰声响似的恐惧。岛村抱住了驹子。

"不用怕。"

"不，不，不！"驹子摇头哭了起来。她的脸贴在岛村的手掌上，感觉比平时更小一些，绷紧的太阳穴在颤抖着。

驹子看见着火就哭起来。岛村也没问她为什么哭，只是抱着她。

驹子突然收住眼泪，把脸抬起来。

"哎呀，今晚蚕茧仓库那里放电影呢，里面有很多人……"

"那就糟了。"

"肯定有人受伤，有人被烧死的。"

两人慌忙爬上石阶，因为他们听见上面传来一阵阵喧闹声。抬头一看，只见高处旅馆二、三楼房间的门大都打开了，人们跑到有光亮的走廊上看大火。庭院角落里，一排菊花的枯枝在旅馆灯光或星光下浮现出轮廓，突然又映出火光。在那些菊花后面也站着人。

这时，岛村和驹子头顶上，有三四个人突然跌跌撞撞地走下来，其中一个是旅馆的掌柜。驹子高声问道：

"喂，是蚕茧仓库着火了吗？"

"是蚕茧仓库。"

"有人受伤吗？有没有人受伤？"

"正在一个一个地往外救人呢。说是电影胶片砰的一声突然全烧起来了，火势蔓延得很快。我是听他们在电话里说的。你看那边。"掌柜迎面碰上他俩，挥了一下手就走了。

"听说他们正把孩子一个个地从二楼往下扔呢。"

"哎呀，怎么办？"

驹子紧跟着掌柜走下石阶。后面走下来的人都跑到她前头去了。她也跟着跑了起来。岛村也追了上去。

石阶下面，大火被房屋遮挡住，只能看见火舌。火警声到处响起，越发令人不安。

"结冰了，小心点儿，路很滑。"驹子回头看了看岛村，随即停下脚步说，"对了，你不用过去呀。我是担心村里的人。"

被她这么一说，确实也是如此。岛村觉得有些泄气，这时才看见脚底下是铁轨。他们已经来到铁道口前面了。

"银河,真好看啊!"

驹子喃喃自语地仰望着夜空,接着又往前跑去。

"啊,银河。"岛村也仰起头。突然,他感觉自己的身体仿佛向银河中飘浮而去。银河的亮光近得几乎可以把他托举起来。当年芭蕉[1]在旅途中看见的汹涌海面上的那条银河,也是如此明亮、如此壮阔吧。那银河直垂下来,仿佛要用它那赤裸裸的肌肤裹住夜晚的大地似的,真是美得令人惊叹。岛村觉得,自己那小小的身影仿佛从地面映照在银河上。遍布银河的星星,不仅每一颗都能看清,甚至连各处光云里的一颗颗银沙子也清晰可见。而且,银河那无底的深邃还把人们的视线也吸进去了。

"喂,喂。"

岛村呼唤着驹子。

"哦,你快来呀!"

驹子正往银河垂下的昏暗山峦那边跑去。

她像是提着和服下摆两端往前跑,每次挥动胳膊,红色的和服下摆时而露出来,时而又缩进去。在洒满星光的雪地上,红色十分显眼。

岛村飞快地追了上去。

驹子放慢脚步,手放下提着的和服下摆,抓起岛村的手。

"你也要去?"

---

[1] 松尾芭蕉(1644—1694),日本江户时代前期的俳句诗人,被誉为日本"俳圣"。常年去各地旅行,写了许多游记和俳句。在其游记代表作《奥州小道》中,有一句俳句是:"怒海中,银河横跨佐渡岛。"

"嗯。"

"你真是爱凑热闹。"驹子拈起拖在雪地上的和服下摆,"别人会笑话我的,你快回去吧!"

"嗯,就走到前面那里。"

"这不太好吧。带你到火灾现场的话,对村里人可不太好。"

岛村点点头,停下脚步。驹子却轻轻地抓着岛村的袖子,慢慢地往前走。

"你找个地方等着我,我马上回来。在哪里等呢?"

"哪里都行呀。"

"对,再往那边一点儿吧。"驹子注视着岛村的脸,突然摇摇头说,"讨厌,我不理你了。"

驹子突然用身体撞过来。岛村打了个趔趄。路边浅浅的积雪里,立着一排葱。

"真卑鄙。"驹子语速飞快地挑衅道,"喂,你说过我是个好女人,对吧?一个说走就走的人,为什么要说这些话?为什么要告诉我呢?"

岛村想起驹子用发簪扑哧扑哧地扎在榻榻米上的情形。

"我哭了,回家后又哭了一场。我害怕离开你。不过,你还是早点儿走吧。你这句话把我说哭了,我不会忘记的。"

这句曾引起驹子误解的话,也深深地印在了她的心底。岛村一想起这句话,就因为依依不舍而觉得心痛。突然,火场那边传来喧闹的人声。新的火焰喷出了火星。

"哎呀,还烧得这么厉害。火又冒起来了。"

两人仿佛得救般地松了一口气，又往前跑去。

驹子跑得很快。她脚踩木屐掠过冰面，两条胳膊与其说是前后摆动，不如说是向两边伸展，把力气集中在胸前。这让岛村觉得她的身材出乎意料的瘦小。有点儿发胖的岛村一边看着驹子的身影，一边跑着，很快就觉得累了。驹子突然气喘吁吁，踉跄着倒向岛村。

"眼睛冻得要流眼泪啦！"

她的脸颊很热，只有眼睛是冰冷的。岛村的眼睛也湿润了。他眨了眨眼睛，银河顿时充满了视野。他努力不让泪水流出来。

"每天晚上都能看到这样的银河吗？"

"银河？好看吧？但并不是每天晚上都看到。今天天气真晴朗。"

银河从两人身后向前流淌。驹子的脸仿佛被映照在银河上。

但她那鼻子的轮廓并不清晰，嘴唇也失去了色泽。横跨天空的光带竟然会如此昏暗，岛村有点儿不敢相信。尽管星光比朦胧月夜更加暗淡，银河却比任何满月的夜空更加明亮。地上暗淡得看不见任何东西。驹子的脸庞像一副旧面具似的浮现出来，散发出女人的芳香。这让岛村觉得不可思议。

岛村抬头仰望，觉得银河垂下来是想拥抱这片大地。

银河看起来又像雄伟的极光。它仿佛浸润着岛村的身体，流淌着，矗立在大地尽头，虽然有一种凛冽的孤寂，却又有一种惊人的艳丽之感。

"你走之后，我要好好过日子了。"驹子边说边往前走，并用手拢了一下松散的发髻。走了五六步，她又回过头。

"你怎么啦？真讨厌。"

岛村站在原地不动。

"啊？等我一会儿，回头一起到你房间去。"

驹子挥了挥左手就走了。她的背影仿佛被黑暗的山峦底部吞噬。银河在被山脊线遮断处展开其下摆，又从那里华丽而雄伟地向天空扩展开去，于是山峦就显得越发暗淡了。

岛村迈开脚步不一会儿，驹子的身影就消失在路边那户人家的后面。

"嗨哟，嗨哟，嗨哟……"消防队员吆喝着，拖着水泵在马路上走过。后面不停地有人跑到前面去。岛村也急匆匆地走到马路上。他们两人来时走的那条路的尽头，与大马路交叉形成"丁"字形。

消防队员又拖来了水泵。岛村让开路，跟在他们后面往前跑。

这是老式的手压木制水泵。除了几个人在前头拉着长长的绳索之外，水泵旁边也围着消防队员。这水泵小得可笑。

驹子也闪到路边，让水泵过去。她看到岛村，又一起往前跑起来。闪到路边让水泵过去的人们，仿佛被水泵吸引着似的紧追而去。此刻，他们俩也只不过是随着人群奔向火场而已。

"你也来了？真是爱凑热闹。"

"嗯。这水泵怕是不太好使，明治时期以前的。"

"是呀。小心别摔跤。"

"太滑了。"

"是呀。接下来，再刮上一整夜暴风雪，到时你再来看看——可能来不了了吧？到时候，野鸡和兔子都躲进人家里呢。"驹子说道。也许是受到消防队员的吆喝声和人们的脚步声的鼓动,她的声音显得明朗轻快。岛村也觉得浑身轻松。

前面传来火焰的声响。火舌就在眼前向上冒。驹子抓住岛村的胳膊。在火光闪耀中,马路上低矮的黑色屋顶像在呼吸似的,一下浮现出来,一下又变暗。水泵中的水往脚底下的马路流了过来。岛村和驹子自然也被人墙挡住,停住了脚步。大火的焦煳气味里,夹杂着像煮蚕蛹的腥臭味。

一路上,人们到处大声谈论着类似的话题:电影胶片燃烧引起大火啦,把看电影的小孩一个个从二楼扔下去啦,没人受伤啦,幸亏现在没把村里的蚕蛹和大米放在里面啦……然而,当来到大火面前时,大家却变得沉默不语。一种不分远近的寂静笼罩着失火现场。大家仿佛都在听着燃烧声和水泵喷水声。

有些后面赶来的村民,到处呼唤着亲人的名字。有人答应,就互相欢呼。现场只传来这样鲜活的声音。警钟已经没在响了。

岛村怕被人看见,就悄悄地离开了驹子,站到一群孩子的后面去。

火光照人,孩子们往后退去。脚底下的积雪似乎也有点儿松软了。人墙前面的积雪在水和火中融化了,地上被杂乱的脚步踩得泥泞不堪。

这里是蚕茧仓库旁边的旱田。和岛村他们一起赶过来的村民,大都闯进田地里来了。

火是从摆放电影放映机的入口处烧起来的,几乎半个蚕茧仓库的屋顶和墙壁都烧塌了,而柱子和房梁的骨架则仍然冒着烟站立着。木板屋顶、木板墙和木板地都被烧毁，屋内不怎么冒烟了。被喷上大量水的屋顶看样子也烧不起来了。可是火势仍蔓延不止，有时还会从意想不到的地方冒出火焰来。三台水泵的水连忙喷射过去，那火焰就一下喷出火星，冒起黑烟来。

这些火星飞散到银河里，岛村又感觉自己仿佛被托起飘到银河中去。黑烟往银河上面流淌，而银河则倏然向下流淌。喷射到屋顶外面的水柱摇曳着，变成浅白色的水雾，仿佛也映着银河的亮光。

驹子不知什么时候靠了过来，握住岛村的手。岛村回过头，但没有说话。驹子一直望着大火的方向，火光在她那略微发热的、一本正经的脸上闪动摇曳着。岛村心里涌起了一股强烈的感情。驹子的发髻松散了，她向前伸长脖子。岛村想把手伸过去，可是指尖却颤抖起来。岛村的手也暖和了。驹子的手更加热。不知为什么，岛村感到离别已经迫近。

入口处的柱子又冒出火舌，燃烧起来。水泵喷射出一条水柱，屋栋房梁扑哧扑哧地冒出热气，摇摇欲坠。

这时，人们突然啊地屏住了呼吸，只见有个女人从上面坠落下来。

由于蚕茧仓库兼作戏棚，所以二楼设有简陋的看台。虽说是二楼，但很低矮。从这二楼坠落到地面只是瞬间的工夫，却足以让人看清楚她坠落下来的姿态。也许是她坠落的样子很奇怪，像个木偶似的缘故吧，大家一看就知道她已经不省人事了。坠落下来时也没有发出声响。下面都是水，没有尘埃飘起。她坠落之处，正好在刚蔓延开的新火苗和死灰复燃的旧火苗中间。

消防队员把一台水泵对准死灰复燃的火苗，斜斜地喷射出弧形的水柱。在那前面突然浮现出一个女人的身体。她就是这样坠落下来的——女人的身体，在空中保持着平躺姿势。岛村心头一震，但一时并未感觉到危险和恐惧，那就仿佛是超现实世界的幻影一样。僵直的身体被抛到空中而变得柔软，但那姿态却像木偶一样没有丝毫挣扎，有的只是一种没有生命的自由。在这一瞬间，生与死仿佛都停止了。岛村的头脑中闪过的唯一感到不安的念头，是他担心那水平坠落的女人是否会头部朝下，腰部或膝盖会不会弯曲——看上去似乎会这样，但最后她还是保持水平姿势地坠落下来了。

"啊！"

驹子尖叫一声，用手捂住了双眼。岛村则目不转睛地注视着。

岛村是什么时候意识到这个坠落下来的女人就是叶子的呢？人们啊地屏住呼吸的瞬间，其实和驹子啊地尖叫是同时发生的。而叶子的小腿在地上抽搐似乎也是在同一瞬间。

驹子的尖叫声穿透了岛村的全身。叶子的小腿在抽搐。这一瞬间，冰冷的抽搐感也传到了岛村的脚尖。他被一种莫名的痛苦和悲哀击中，心跳变得急促起来。

叶子的抽搐轻微得几乎看不出来，而且很快就停止了。

在这抽搐发生之前，岛村先看到了她的脸和她的红色箭翎花纹布和服。叶子是面部朝上地坠落下来的。和服下摆翻起到一侧膝盖上。落到地面时，也只有小腿抽搐，而整个人处于昏迷状态。不知为什么，岛村并没感觉到叶子的死，但却能感觉到她内在生命变形的转折点。

叶子坠落的二楼看台上，接着掉下来两三根木柱，在叶子的脸上燃烧起来。叶子紧闭着那双锐利而美丽的眼睛，下颌向前伸出，脖颈的线条十分优美。火光在她那张苍白的脸上摇曳着。

岛村忽然想起，几年前自己来这个温泉村看望驹子的火车上，叶子脸上映着远山的灯火的情景。他的胸口又开始颤抖。在这一瞬间，火光似乎照亮了他和驹子一起度过的岁月，其中也包含了他那莫名的痛苦和悲哀。

驹子从岛村身边冲出来。这与她捂住眼睛惊叫几乎在同一瞬间，也正是人们啊地屏住呼吸的瞬间。

在被水浸湿的、四处散落的焦黑残屑中，驹子拖着长长的艺伎和服下摆，跟跟跄跄地走过去。她把叶子抱在怀里，想往回走。她那执着的脸庞下，低垂着叶子那张即将升天时的呆滞面孔。看上去，驹子仿佛是在抱着自己的牺牲品或惩罚一样。

人墙在吵吵嚷嚷声中散开，然后一拥而上地围住两人。

"让开，请让开！"

岛村听见驹子的叫喊声。

"这姑娘疯了，她疯了！"

驹子发出疯狂的叫喊声。岛村想靠近她，却被几个想从驹子手里把叶子抱走的男人推开，打了个趔趄。他站稳脚跟，抬头望去，只觉得银河仿佛唰的一声向他的心里倾泻下来。

（全文完）

经典就读三个圈　导读解读样样全

三个圈
独家文学手册

导 读

永远的旅人——川端康成其人其文

作者：［日］三岛由纪夫[1]
译者：百里

川端康成对三岛由纪夫来说既是老师又是朋友。在文学道路上，川端康成为三岛由纪夫指路、引路；在生活中，也对三岛由纪夫颇为照顾。两人书信往来频繁，畅意地谈论文学、艺术、工作和生活等。三岛由纪夫所写的这篇《永远的旅人》被不少人认为是最能展现川端康成性格与思想的文章。

---

[1] 三岛由纪夫（1925—1970），日本文学大师，曾三度入围诺贝尔文学奖，代表作有《金阁寺》《假面的告白》等。——编者注

一

几天前,有报纸透露,川端先生又取消了作为日本笔会代表前往欧洲的计划。每年,就像例行活动一样,总有消息说川端先生将出国参加国际笔会;过一段时间,又像例行活动一样,传出出行计划取消的消息。一般读者根本不明白这是怎么回事。

但奇怪的是,就连川端先生自己也一头雾水。我问过他好几次:

"今年您总算可以成行了吧?"

"唔,不知道呢。"

我得到的只有这样的回答。即使到了最后关头,他也依然一问三不知。最后,还是按照川端先生本人的意思取消了出行计划。

对此,我大致是这样看的:真正有必要出国的文人,无论如何都会去;而因为出了什么状况去不了的文人,其实根本没必要出国。我觉得,这个观点用在川端先生身上再合适不过。然而,在这种情况下,我关注的并不是这件事本身,而是川端先生赴欧计划的来龙去脉、计划取消的前因后果,以及这一过程中川端先生表现出的某种行为规律。

川端先生的生活、艺术和人生的方方面面，都是这样深不可测！川端先生到底是不是真的想出国，谁都不知道。连川端先生本人都不知道的事，又有谁能知道呢？

在我这种行事慌张、凡事循规蹈矩的男人看来，川端先生乃是不可思议的存在。神造人的时候，应该是像建造庭园一样，一边想象着各种款式，一边满怀期待地创造出各色人等吧。若非如此，怎么会诞生我们这两种性格如此迥异的人呢？按照东方式的说法，我这样的人只是凡夫俗子，而川端先生是神鬼莫测、捉摸不定，如同汪洋般浩瀚的伟大人物。

但是，听到有人说川端先生"沉着冷静"，或者"胸襟开阔"，我又觉得这种评价与事实有所出入。因为，以这种性格类型而论，我们马上就能想到西乡隆盛[1]那样的人。然而，川端先生身体瘦弱，为人又有点儿神经质，与西乡隆盛毫无相似之处。另一方面，我们又以诸多流布甚广的世俗偏见来看待川端先生，说他具有现代末梢神经症一般的病态敏感直觉，或者古董收藏家一样细腻的审美意识。川端先生创作的，确实并非豪放的英雄传奇，而是极其细腻敏感的作品。

川端先生这个人物的独特之处，就在于他这种不可思议的混合性格。那么，他的生活和作品是否就截然不同呢？却也不是。二者之间还有一条共同的纽带相连，这就越发令人觉得不可思议了。即使在他那些细腻敏感的作品中，也随处可见漫不经心、肆无忌惮的笔触。

---

[1] 西乡隆盛（1828—1877），日本幕府末期、明治初期政治家，"维新三杰"之一。——译者注（如无特别说明，本篇注释均为译者注）

二

有人说川端先生冷酷无情，有人说他温和亲切，众说纷纭，莫衷一是。但如果从极其世俗的角度来看，他的确是一位和蔼可亲、乐善好施的好人。他给陷入困境的人提供物质援助，帮他们找工作，照顾已故恩人的家眷。在他的后半生中，此类美谈佳话数不胜数。在受其恩惠的人眼中，川端先生应该既像幡随院长兵卫[1]，又像清水次郎长[2]吧。而且，川端先生的善举不掺杂丝毫伪善，这也是他的特质之一。其实，在我出国旅行之前，川端夫妇还特地造访寒舍，对即将独自旅行、惴惴不安的我大加鼓励，令我倍感振奋。

然而，在极其世俗的意义上温暖亲切的人，往往会亲切过度，没完没了地强迫对方接受自己的善意，不断入侵对方的私生活——这些缺点，川端先生一点儿都没有。十年来，我从未亲自聆听他的教诲，也从未得到一句像样的忠告。不过，川端先生或许是觉得，即使他给我忠告，我也不会听，他说了也是白说……另外，川端先生不会喝酒，从未像酒鬼一样不拘小节地拉着我喝酒交心，这也是原因之一。十年来，川端先生从未强人所难，强迫我跟他"谈谈心"。即使在街上偶然碰到，也是我这个晚辈邀请他去喝茶。

---

1 幡随院长兵卫（1622—1650，一说1622—1657），本名冢本伊太郎，江户时代前期町奴首领，被称为日本侠客的鼻祖。
2 清水次郎长（1820—1893），本名山本长五郎，日本幕府末期明治初期的侠客、赌徒、实业家。

那些动不动就叫人"去喝一杯"的家伙，一旦遭到拒绝，又会指责对方是"不好相处的家伙"。在过着这种世俗生活的人看来，川端先生如此冷漠是理所当然的吧。我也不是没有期待过他有时会心情大好，跑来跟我聊些荒诞不经的话题，但他是绝不可能这样做的。

有人说："如果要同小说家一起旅行的话，就只能选川端先生了。和他一起旅行，你一点儿也不会感到劳累，这样的人你再也找不到了。即使在谈正经事的时候，他也会非常亲切。何况，他完全不会干涉你的行动。"

如果此人所言不虚，那么川端先生的整个人生就是一场旅行，而他就是永远的旅人。在人生的某个角落坐下来歇脚的时候，他便忍不住想对旁边的人施恩布德，亲切相待。那么，如果像川端先生那样将人生视为旅行，就能拥有他那种生活态度吗？其实不然，许多人踏上人生之旅后，周围人反倒会越来越厌烦。

不过，我们也很难不接受任何人的忠告。理论上说，所有忠告都只是利己主义的伪装，但当别人给我们忠告时，我们很可能又会忠告别人："所谓忠告，难道不就是利己主义的伪装吗？"如果打破了忠告这一象征社会合作的愚蠢幻象，我们就会害怕其他所有幻象也会被打破，从而陷入孤独的境地。

于是传说诞生了：我们一方面说川端先生"孤独"，可换一个角度，我们又称他"达观"。当然，孤独对文学创作是必不可少的，但那种生气勃勃、可以充当创作母体的孤独，不是从无所事事、怠惰因循的孤独感中产生的。虽然普鲁斯特[1]把自己关在软木墙面的房间里，但也会不时穿上皮大衣去看望文人朋友。何况川端先生身体强壮，没有宿疾，也很少感冒。他不可能像人们想象的那样，长年累月形单影只，一副看破红尘、悲观厌世的模样。

川端先生经常外出。虽然不是爱伦·坡[2]笔下那种"人群中的人"，但在人群聚集的地方，川端先生的"孤独"面容并不罕见。他总是流露出饶有兴趣的表情，或许可以同正宗白鸟[3]一起归入好奇心旺盛者之列。在镰仓文库[4]时代，作为出版社董事，川端先生勤勤恳恳、尽心尽力地工作。他食量小，一下子吃不了太多，一份小盒饭也要分四次吃掉。后来，每次笔会、例会他都没有缺席，还参与了同外部的各种烦琐的谈判，只是这时候他已经不需要带盒饭了。

曾经有一两次，我同川端先生约好碰头，他非常准时，令我大吃一惊。不过，他也并非在所有的事情上都这样一丝不苟。

年轻的时候，房东老太太来催房租，川端先生只是一言不发地坐在那里，直到老太太无可奈何地自行离开。这个故事广为人知，但在私生活方面，他至今也没有多少计划性可言。从初登文坛的时

---

[1] 马塞尔·普鲁斯特（1871—1922），法国小说家、评论家和散文家，代表作《追寻逝去的时光》，被评论界誉为二十世纪最有影响力的作家之一。

[2] 埃德加·爱伦·坡（1809—1849），美国作家、诗人、编辑与文学评论家，以诗歌和短篇小说，尤其是神秘故事和恐怖故事而闻名。

[3] 正宗白鸟（1879—1962），本名正宗忠夫，活跃于明治至昭和时期的日本小说家、剧作家、文学评论家。

[4] 由镰仓文人在第二次世界大战末期创办的出租书店和战后设立的文艺出版社。镰仓文人是指居住（或曾经居住）在日本神奈川县镰仓市的文学家的总称。

候开始,他就喜欢住大房子,在热海租了一座大宅,可一旦有客人要住宿,他的夫人就会急忙跑去租被褥。就算这则逸事是编造出来的,也很像川端先生的风格。有一段时间,川端先生明明在轻井泽[1]拥有三座私人别墅,却偏偏要自己租房住。像他这样的人应该是凤毛麟角吧。想必古董商与川端先生打交道也会吃尽苦头。

尤其不可思议的是,川端先生不惜花费大量时间招待客人。他几乎从不拒绝客人,所以他在家的时候,经常有好几个,甚至十几个编辑、年轻作家、古董商和画商围着他转。我也多次登门拜访,叨陪末座。来客立场不一,目的各异,在这样一群人中间,倘若主人不能应付裕如,谈话肯定会停滞。有人说了些什么,川端先生回答了两三句,然后大家便陷入沉默。又有人突然冒出一句话,然后大家再次陷入沉默……几个小时就这样过去了。

我是个急性子,受不了别人不说话。但世上有人特别有耐心,对方越沉默,自己就越开心,和那些闷葫芦相处起来也一点儿不觉得累。川端先生大致属于这种人。他一直心不在焉,反倒显得轻松自在。所以,沉默寡言的人最适合担任川端先生的编辑,就算周围的人一连数小时沉默发呆,自己也得乐在其中。听说,川端先生来到客厅接待一大帮客人的时候,总是先跟年轻女性打招呼。

川端先生总是会给初次见面的人留下恶劣的印象,这是出了名的。他会默不作声地盯着对方看,让胆小的人止不住擦冷汗。甚

---

[1] 日本的一处避暑胜地,位于长野县东南部。

至有这样的传言，说一名初出茅庐的年轻女编辑第一次拜访川端先生，运气很不好，或者说运气很好，碰巧没有别的访客，结果川端先生三十分钟都没跟人家搭话，那姑娘最后撑不下去，哇的一声哭倒在地。

客人中若有古董商，带来川端先生喜欢的珍品，川端先生就会全神贯注地欣赏。就连对古董一窍不通的人，也只得望着川端先生的背影，一起欣赏那些古董，借以打发无聊时光。川端先生一开始过分高估了我，向我展示了很多藏品，但我总是一副兴趣寥寥的样子，最近他索性对我死了心，不再给我看了。

新年第二天，川端家有招待前来拜年的客人的习惯。战后我第一次参加这种聚会，众人谈笑风生，唯独川端先生坐在一边，手伸到火盆上烤火，默默看着众人。当时还健在的久米正雄先生突然对川端先生大声说："川端君，你好孤独哇！你真是太孤独了！"

我记得，久米正雄先生是尖叫着发表这一评论的。不过，在当时的我看来，比起川端先生，那位吵吵嚷嚷的久米先生更加孤独。我确信我已明白，即便是著作等身的作家，其实也是孤独的。

我之所以反复谈到川端先生接待客人的态度，是因为我很自然地产生了这样的疑问：川端先生难道不珍惜时间吗？我觉得，只要把工作安排得更紧凑，就可以有更多私人生活的时间，而这正是作家的特权。这当然也符合工作伙伴的利益。然而，川端先生的生活态度依然遵循着开头提到的法则。这只能说是一种听天由命、顺其自然的态度。从另一方面看，这反映了他对生活的轻视。关于这一点,我将在后文详加论述。

不过,对他来说,用这种态度待人接物,也并非全无乐趣可言。战后,与外国人交往的机会突然多了起来。很少有人像他那样兴趣盎然地打量西方人。每当看到他坐在西方人当中,我总觉得,他简直就是个出于天真的好奇心而仔细观察西方人的孩子。

占领期间[1],美国大使馆有一位有趣的老太太,叫作威廉姆斯夫人。此人明明完全不会说日语,竟然成了川端先生的狂热仰慕者,川端先生也常常同她交往。威廉姆斯夫人不懂文学,却是MRA[2]的狂热支持者,堪比宗教信徒。这位老太太身材魁梧,慷慨大方,有着美国式的阳光性格,温厚和蔼,十分可爱。此人没读过一本川端先生的作品,却成了川端先生的拥趸。川端先生很害羞,尽管可以用英语对话,却张不开口,于是两人只能用眼神和表情交流。但我明白,川端先生非常享受这种交流。《千羽鹤》获得艺术院奖的时候,威廉姆斯夫人虽然读不懂小说,却还是高兴得像自己得奖了一样,立刻举办了庆祝会。我来到会场,发现她准备的大蛋糕上只画了一只鹤,便建议说:"只有一只鹤的话,会很奇怪呀。"威廉姆斯夫人反问:"为什么?"

"总之就是觉得怪怪的。"我说。

威廉姆斯夫人说:"可是,鹤身上有一千根羽毛呢,画一只不

---

[1] 指日本于第二次世界大战战败并无条件投降后,以美国为首的同盟国实施军事占领的时期,自1945年9月2日日本投降后正式开始,至1952年4月28日《旧金山和约》生效后结束。

[2] 道德重整运动(Moral Re-Armament),1938年由美国牧师弗兰克·布赫曼创建的牛津小组发起的一场国际道德和精神运动。

就行了吗？"看来，是有人翻译错了，让老太太陷入了文字上的误解[1]。

三

写到这里，不得不谈谈川端先生的作品了。既然前面勾勒出的肖像画七零八落，下面展开的讨论也不宜吹毛求疵。

瓦雷里有一句著名的箴言："作家的生活是作品的结果，而不是相反。"我最近开始将这句话奉为真理，并且渐渐相信，一流作家的作品和生活的关系，即使不从私小说[2]的角度去解读，二者也是一致的、相似的。

芭蕉的《幻住庵记》中有这样一句话："终以无能无才之身，系于此径。"这可以算作对川端先生作品和生活关系的终极表现吧。川端先生的作品，一方面会对细节进行具象化的描写；另一方面，为了作品整体的协调，又会舍弃某些描写。川端先生的作品之所以具备这样的特点，是因为他拥有同芭蕉一样的艺术观念和生活态度。

比如，世人评价川端先生是追求文体风格的作家，但我认为

---

1 "千羽鹤"的"羽"是量词，表示"只"，而不是"羽毛"的意思。
2 日本小说类别，通常指取材于作家日常生活琐事或表现亲身感受的小说，多采用写实手法和第一人称的叙事形式。

他其实是一位没有文体的小说家。之所以这样说，是因为对小说家而言，所谓文体，就是解释世界的意愿和工具。为了应对混沌与不安，为了整理和划分世界，并将其纳入狭窄的描写框架中，作家唯一的工具就是文体。福楼拜[1]的文体、司汤达[2]的文体、普鲁斯特的文体、森鸥外[3]的文体、小林秀雄[4]的文体……例子不胜枚举，这就是所谓的"文体"。

然而，像川端先生的杰作那样完美无缺，并且完全放弃去解释世界的艺术作品，究竟是怎么回事呢？这种作品，其实并不害怕混乱，也不害怕不安。然而，这种毫无畏惧的态度，好比在虚无前面毫无畏惧地拉开一条丝带。这与希腊雕刻家因为害怕不安和混乱而寄托在大理石上的造型意志截然相反，因为那些精致的大理石雕刻是在拼尽全力地反抗恐惧。

川端先生作品中的这种无畏精神，与其生活中所谓的"胆量""度量""大胆无畏"等世俗表达方式所暗示的那种态度，其实是完全一致的。川端先生放荡不羁，甚至有点儿虚无主义的生活态度，和他写作时为了整体协调而放弃某些描写的态度非常相似。川端先生的作品中，没有一篇是主动创作的，全都是接受报刊约稿，以规定的发表形式写成的。当然，我并未仔细查阅川端先生的创作年谱，如果说错了，我可以纠正。而像《雪国》这样的作品，

---

1 古斯塔夫·福楼拜（1821—1880），法国作家，代表作《包法利夫人》。
2 司汤达（1783—1842），法国作家，代表作《红与黑》。
3 森鸥外（1862—1922），本名森林太郎，号鸥外，日本明治至大正年间小说家，与夏目漱石齐名，代表作《舞姬》。
4 小林秀雄（1902—1983），日本作家与文艺评论家。

更是长期被搁置,直到二战后才完成。《千羽鹤》和《山音》也是,本以为就快写完了,结果又接着写下去,花了好几年的时间才大功告成。但即使完成了,剧情上也绝不设定戏剧性的灾难,读者也拿不准故事是否真的结束了。乍看之下,泉镜花[1]与川端先生文风类似,但在《风流线》这篇可归入通俗小说的作品中,泉镜花采用了希腊悲剧式的手法,在快速推进的灾难中突然结束。就这一点而言,两位先生的创作风格恰恰相反。

川端先生这种毫无畏惧的态度,这种将自己变得无能为力,从而消除恐惧和不安的不战而胜的生活方式,是从什么时候开始的呢?

我想,这恐怕是孤儿般的成长经历,以及孤独的少年期和青年期所培养出来的吧。像川端先生这样极度敏感的少年,竟然没有因此栽跟头,还能毫发无损地长大成人,这简直是不可思议的奇迹。然而,在逐渐蜚声文坛的青年时期,他确实也曾陶醉于自己的多愁善感,并乐在其中。在他自称不喜欢的《化妆与口哨》等作品中,灵敏的感性跃然纸上。虽然只是罕见的例子,但这部小说中的感性确实起到了同人物行为一样的作用。

在这里,川端先生的感性成了一种力量,而这种力量也可以说是一种巨大的无力感。因为,虽然感性重构了强大的理性世界,但感性越强,内心就越需要接纳世界的混沌。这正是川端先生的受难形式。

---

[1] 泉镜花(1873—1939),本名泉镜太郎,活跃于明治后期至昭和初期的日本小说家。

但是，如果感性依靠理性寻求拯救，那会是怎样的情形呢？理性将逻辑和理性法则给予感性，将其逼至逻辑极限，也就是说，将作者带入了地狱。在川端先生自称不喜欢的另一篇小说《禽兽》中，作者窥见的地狱正是如此。《禽兽》是川端先生最接近理性的作品，与其近似的是横光利一[1]因同一契机而创作的《机械》。但川端先生后来毅然放弃利用理性，拯救了自己；而与之相反，横光先生却堕入了地狱和理性的虚妄之中。

可以认为，就在这时候，川端先生确立了自己的人生信念。这就像是十八世纪的安托万·华托[2]所抱有的那种信念——如此比较可能有些古怪——两人都相信，情感保持情感本身的规律，感性保持感性本身的规律，肉欲保持肉欲本身的规律，只要三者互不统属，各行其是，毁灭就绝不会降临。他们相信，在虚无前面拉开的这条丝带，即使被地狱风暴猛烈吹打也绝不会断裂。换作大理石雕像的话，想必会被刮倒摔碎吧。

于是，川端先生意识到：在放任他人之前，必须先放任自我，这才是人生的真谛。同时也要警惕，别让他人世界的逻辑法则渗入自己的世界。不过，表面上还是要轻松愉快地与之相处……

事实上，快乐主义有时候会呈现出残酷的外表，但将华托和川端先生的作品一起称为快乐的艺术，应该也不算离谱吧。

---

[1] 横光利一（1898—1947），日本的小说家、俳人、评论家。师从菊池宽，与川端康成一起作为新感觉派活跃于大正至昭和时代。
[2] 让-安托万·华托（1684—1721），法国洛可可时代画家。

因此，最重要的是，我们必须轻视生活。因为一旦放任了的自我成为生活中的重要因素，那就危险了。如果作家放任了的自我表现出尊重生活、建立生活秩序的意愿，或者表现出破坏生活秩序的意愿，那么其作品就岌岌可危了。说句不好听的话，在这一点上，川端先生的人生态度其实相当精明。

行文至此，尽管没有重复的必要，但我还是要说：川端先生是一位没有文体的小说家，这乃是他的宿命。他缺乏解释世界的意愿，而这恐怕不是简单的缺乏，而是他主动放弃的结果。

对于那些躲在抽象概念的堡垒中的人来说，川端先生的生活方式，就像是一只漂泊在虚无之海上的蝴蝶。但谁也不知道究竟哪边是安全的。

可以说这样的川端先生极其孤独、怀疑一切，完全不相信人类吗？如前所述，那只是一个暗黑传说罢了。事实上，他的作品中经常表现出对生命的赞美，他对母性泛滥的小说家冈本加乃子[1]的仰慕也是众所周知。

不过，对川端先生而言，所谓生命，就等同于肉欲。这位看似虚伪做作的作家所散发出来的肉欲气息，也是他长期受欢迎的原因之一。关于这一点，中村真一郎[2]先生曾对我抒发过一段有趣的感想：

---

1 冈本加乃子（1889—1939），日本小说家，代表作《老妓抄》《病鹤》等。
2 中村真一郎（1918—1997），日本小说家、文艺评论家、诗人。

最近我一口气读了很多川端先生的少女小说，真是不看不知道，一看吓一跳呀。里面充满了肉欲，而且比川端先生的纯文学小说中的描写生动得多。这种东西可以给孩子看吗？社会上所有人都觉得安全，让自己的孩子去读川端先生的少女小说，这是不是犯了什么大错呀？

当然，这里说的肉欲是只有大人才看得懂的肉欲，中村先生只是夸大其词罢了。不过，这段感想却使我产生了极大的兴趣。

川端先生描写的肉欲，与其说是对自身欲望的表达，不如说是对肉欲的本体，即生命本身的不断接触——或者说，是不断尝试接触生命本身——只是这种接触永远不会有合乎逻辑的结果。这才是真正意义上的肉欲描写，因为肉欲的对象，也就是生命，处于永远不可触及的状态之中。川端先生之所以喜欢描写处女，正是因为处女具有一种川端先生很感兴趣的独特属性，即：只要保持处女状态，就永远不可被触及；而一旦被触及，就不再是处女了。写到这里，我很想继续探讨作家与其描写对象，即写作主体与客体之间的永恒关系，可惜就快写到限定字数了。

如果要稍加概括的话，我认为，川端先生把生命当作肉欲来赞美，这样做固然极端，但他同时也背弃了感性的对立面，也就是理性——这两种做法其实是一体两面、相辅相成的。生命固然值得赞美，可一旦接触，最后难免会产生破坏的冲动。而一条丝带、一只蝴蝶这样的艺术作品，无论是理性还是肉欲都不能将其破坏。它就在那里，如同承接阳光的月亮，沐浴着幸福的光辉。

战争结束的时候,川端先生说了下面这句意味深长的话:"从今往后,我只会歌咏日本的悲伤和美丽。"这听起来就像一曲哀怨的笛声,引起我深深的共鸣。

昭和三十一年[1]四月

诺贝尔文学奖获奖时期的
川端康成(右)和三岛由纪夫(左)(1968年)

1　1956年。

图文解读

川端康成人生中挥之不去的虚无感

"无言的死,就是无限的活。"正如川端康成曾说过的这句话一般,1972年4月16日,因成为日本首个获得诺贝尔文学奖的作家而备受瞩目,正登上艺术巅峰的川端康成在刚刚购买的公寓里突然结束了自己的生命,没有留下任何遗言,走完了自己深感徒劳与虚无的一生。

一、参加葬礼的名人

1899年6月14日，川端康成出生在大阪府北区的一个村庄里。父亲荣吉从东京医科学校毕业，经营着一家私人诊所，爱好文艺，会汉文，善书画。可身体羸弱的荣吉，在川端康成一岁的时候就身患肺结核病，过早地离开了人世。

年幼的川端康成被母亲阿玄带回娘家抚养，但由于长期照顾丈夫，川端康成的母亲在第二年也因肺结核病去世了。

彼时的川端康成过于年幼，对父母的记忆实在模糊，对他而言，父母更像是介于照片和亲近的人之间的一种特殊的存在：

> 看着照片，只觉得既不是画像，也不是活生生的人，而是一种介于两者之间的东西。不是亲人，也不是旁人，是介于其中的人。[1]

父母去世后，川端康成与祖父母再次回到故乡。年幼又病弱的

---

[1] 引自川端康成《参加葬礼的名人》。——编者注（若无特别说明，本篇注释均为编者注）

川端康成，被祖父母细心呵护着。可好景不长，川端康成刚升入小学，宠爱他的祖母便匆匆离世：

> 举行祖母葬礼的那年，我刚上小学。祖母和祖父两人一起抚养着病弱的我，好不容易熬到我上了学，刚能松口气，她却匆匆离世了。葬礼那天，下着大雨，一个经常出入我家的男人背着我去了墓地。[1]

从此，祖父和姐姐芳子便成了他在世上为数不多的亲人。川端康成与姐姐来往甚少，并不亲厚，对她的记忆也寥寥无几。祖母过世才三年，姐姐芳子也去世了。

十六岁那年的夏天，川端康成经历了最后一次与至亲的别离。

祖父年事已高，耳背眼盲，连翻身都困难，事事均需川端康成服侍照顾。看着祖父因病痛和衰老而痛苦的模样，川端康成也悲伤不已，这些经历均被他记录在日记中：

> 啊，祖父的生命不会长久，这份稿子写不到最后的。（写这份日记的稿子准备了一百张。）……祖父眼看着衰弱下去，现在已经被盖上了死亡的戳印。[2]

---

[1] 引自川端康成《参加葬礼的名人》。
[2] 引自川端康成《十六岁的日记》。参见《川端康成十卷集·第九卷》，川端康成著，高慧勤主编，李德纯、刘振瀛等译，河北教育出版社2000年版，第53页。

5月24日晚，川端康成失去了在这个世上的最后一位至亲：

> 我茫然地思考着祖父去世后的事。啊，不幸的我将变得天地间孑然一身。[1]……因为这位祖父的死，十六岁的我已没有任何亲人，也失去了家庭。[2]

川端康成的少年时代非常坎坷，经历了多位亲人的离世。他的童年和少年时期少有幸福、欢乐可言，这样的生活充满了悲伤，使他不由自主地感到人生虚无和对死亡的恐惧。这塑造了他孤僻、内向的性格，也对他后来形成独特的写作风格有巨大的影响。

青年的川端康成

---

[1] 引自川端康成《十六岁的日记》。参见《川端康成十卷集·第九卷》，川端康成著，高慧勤主编，李德纯、刘振瀛等译，河北教育出版社2000年版，第53页。
[2] 同上书，第54页。

二、时代洪流下的苦难与思想

川端康成所处的时代,正是自然灾害严重、世界局势和文化思想动荡不安的时代。

1923年9月1日,一场震惊世界的自然灾害夺去了许多人的生命,这就是关东大地震。这场地震使东京超过七成的住宅损毁,十几万人失去了生命,无数人流离失所。川端康成看着那源源不断的逃亡者的行列,感到前所未有的震惊:

> 我看到过震灾时的灾民无边无际的逃亡队列;从来没有一种人类形象,那样深深地打动了我的心。[1]

关东大地震时的避难列车

---

[1] 引自川端康成《文学自传》。参见《川端康成十卷集·第十卷》,川端康成著,高慧勤主编,魏大海、侯为等译,河北教育出版社2000年版,第81页。

许多日本作家也是这场地震的亲历者，地震带来的死亡与恐惧，使他们不得不前往关西避难，不少文学杂志停刊，东京原有的文学秩序瞬间化为乌有。[1]

外来思想疯狂涌入战后的日本，对传统文化造成巨大冲击，加之友人们相继离世，使川端康成更加感到命运的悲哀和虚无。

这种动荡时代中暗含的悲哀和虚无就像它曾无数次影响无数作家一样，也深深地影响了川端康成的文学创作。

三、古典文学与《雪国》

过去的坎坷与时代的动荡随时间流逝而逐渐成为过往，川端康成的生命也掀开了新的篇章。

1968年10月，瑞典科学院将诺贝尔文学奖授予日本作家川端康成。川端康成成为日本首个获得诺贝尔文学奖的作家。在颁奖典礼上，川端康成作了一场名为《日本的美与我》的演讲。

这场演讲里，川端康成引用了大量日本传统和歌、物语，也提到了许多关于日本茶道、庭院、器具的内容，阐释了不同于虚无主义，而是日本乃至东方的"虚空"和"无"的真正内涵。

---

[1] 参见《人与自然的交融——雪国》，周阅著，云南人民出版社2002年版，第16页。

川端康成在诺贝尔文学奖领奖现场

川端康成十分喜爱日本古典文学，自少年时代起就看过不少古典文学作品，如《源氏物语》《枕草子》《平家物语》等。古典作品中的"物哀"之美深深影响了日本后来的文学，也深深地影响了川端康成：

> 我在少年时代，古文还不大懂的时候，即已开始阅读古典小说，……尤其是《源氏物语》深深铭刻在我心上。《源氏物语》以降几百年来，日本小说无不在憧憬、悉心模仿或改编这部名作。[1]

---

[1] 引自川端康成《日本的美与我》。《川端康成十卷集·第十卷》，川端康成著，高慧勤主编，魏大海、侯为等译，河北教育出版社2000年版，第224页。

使川端康成获得诺贝尔文学奖的作品之一《雪国》就充分体现了这一点。

《雪国》中反复出现"徒劳"和"虚无",人生无常与万事虚幻正是日本物哀思想的底色。不仅是人,就连雪国纯白、空旷、重复、枯燥的风物也都带上了极浓的凄美哀婉之色。

小说女主角驹子,出身卑微,生活凄苦,仍然写日记、学歌谣、看小说、练琴,毫无回报地爱着岛村,却被岛村认为是一场徒劳:

> 在岛村看来,驹子的活法是徒劳无益的,是令人同情的虚无憧憬。[1]

而对于男主角岛村,川端康成在《独影自命》中也曾说道:

> 岛村怀着不得不爱的悲哀和悔恨,而这种空虚感是不是恰好衬托出了作品中的驹子呢?[2]

无论是古典文学中的"物哀",还是《雪国》里的徒劳,这种深深的虚无感似乎是川端康成人生里挥之不去的底色,并在其文学作品里体现得淋漓尽致。

---

[1] 参看正文第50页。
[2] 参看《独影自命》,川端康成著,叶渭渠译,广西师范大学出版社2002年版,第100页。

川端康成在镰仓长谷家中（1946年）

四、永远的旅人

或许是深深地感到了"生"的虚无，1972年4月16日，川端康成在自己刚刚购买的公寓里，以口含煤气管的方式，突然结束了自己的生命。川端康成没有留下任何遗言，这件事情的发生没有任何征兆，甚至他还有许多未完成的工作。这位刚获得诺贝尔文学奖，正登上艺术巅峰的作家，悄无声息地离开了这个世界，而离开的原因至今仍是个谜。

或许正如川端康成在1962年曾说过的那句话一样：

无言的死，就是无限的活。

晚年的川端康成

欢迎您从《雪国》走进
读客三个圈经典文库

亲爱的读者,感谢您选择读客三个圈经典文库。

我们的封面统一使用"三个圈"的设计,读者可以凭借封面上形式各异的"三个圈"找到我们,走进经典的世界。

你想成为什么样的人?

对你来说什么是重要的?

这个世界应该是什么样子?

我们在生命中遇到的这些问题,或许可以在浩如烟海的文学经典中找到答案。

跟随读客三个圈经典文库,认识世界、塑造自我,成为更好的人!

《漫长的告别》　《西西弗神话》　《人间失格》《人类群星闪耀时》　《鼠疫》

《小王子三部曲》　《局外人》　《月亮与六便士》《基督山伯爵》　《罗生门》

读客三个圈经典文库

精神成长树

你想成为什么样的人？
对你来说什么是重要的？
这个世界应该是什么样子？

  我们在生命中遇到的问题，每个时空的人都经历过，一些伟大的人留下一些伟大作品，流传下来，就成了经典。正是这些经典，共同塑造并丰富着人类的精神世界。

  我们重新梳理了浩若烟海的文学经典，为您制作了精神成长树。跟随读客三个圈经典文库，汲取大师与巨匠淬炼的精神力量，完成你自己的精神成长！

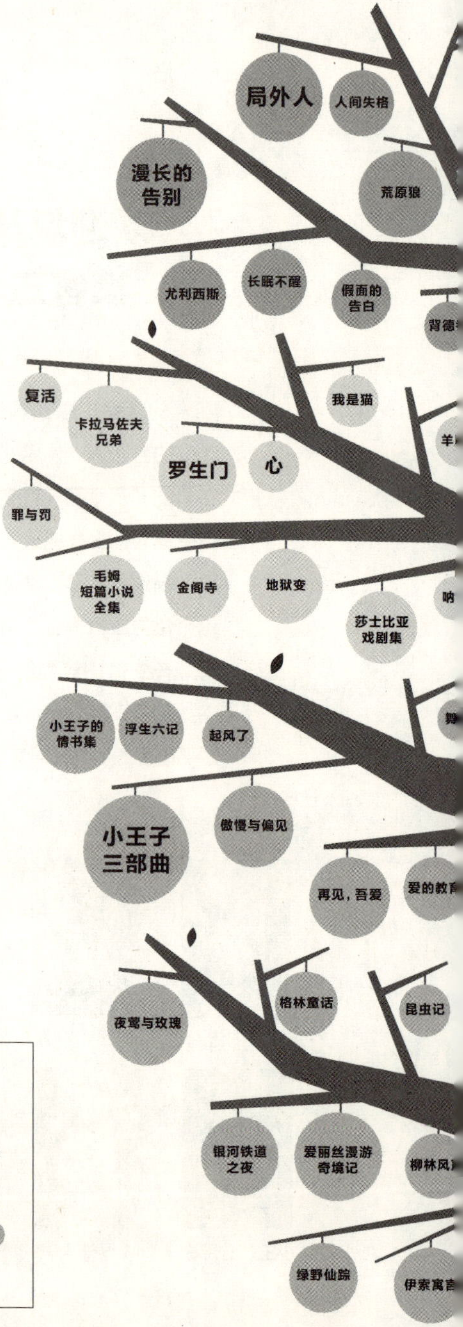

树干：
不同的精神成长主题，您可以挑选任意感兴趣的主题进行深入阅读

例如：
寻找人生意义
探索自己的内心
拥有强大意志力
理解复杂的人性
……

枝丫上的果实：
我们为您精选的经典文学作品

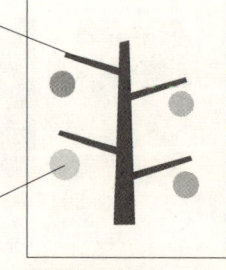

精神成长树示意图

局外人　人间失格
漫长的告别　荒原狼
尤利西斯　长眠不醒　假面的告白
背德者
复活　我是猫
卡拉马佐夫兄弟　罗生门　心　羊
罪与罚
毛姆短篇小说全集　金阁寺　地狱变　呐
莎士比亚戏剧集
小王子的情书集　浮生六记　起风了
傲慢与偏见
小王子三部曲
再见，吾爱　爱的教育
夜莺与玫瑰　格林童话　昆虫记
银河铁道之夜　爱丽丝漫游奇境记　柳林风声
绿野仙踪　伊索寓言